AUTHOR
三河ごーすと
ILLUSTRATION トマリ

Tomodachi no imouto ga
ore nidake uzai

vol.5

友達の妹が俺にだけウザい

「お、おまたせ。ど、どう、かな。アキ」
「これ……に、似合って、る……？」

「あ、アキ？
な、なんで黙ってるの？」

!
「一緒に歩く男のレベルは気を遣わないとってのは正論じゃん？」
「連れてる男のレベルにも女の『格』ってモノは出るんだから」

「よく知りもしないセンパイに、それはちょっと失礼すぎると思うよ？」
「余計なお世話だって言ってるの、わからないかな？」

「こ……こで……
負けて……
たま、る、かぁ……っ」

「これぐらいの壁、乗り越えて……真白はっ……」
「彩羽ちゃんに……勝つんだからあっ……!!」

CONTENTS

Tomodachi no imouto ga ore nidake uzai

友達の妹が俺にだけウザい5

三河ごーすと

GA文庫

カバー・口絵・本文イラスト
トマリ

000

Tomodachi no imouto ga ore nidake u

前回のあらすじ

馴れ合い無用、彼女不要、友達は真に価値ある一人がいればいい。『青春』の一切は非効率、苛酷な人生レースを生き抜くためには無駄を極限まで省くべし――という信条を胸に生きている俺、大星明照《おおぼしあきてる》の部屋に入り浸る奴がいる。

小日向彩羽《こひなたいろは》。妹でも友達でもなく、ましてや恋人なんかでは断じてない、ただの友達の妹。人の都合などお構いなしにウザ絡みしてくるコイツは、俺に女として好かれるつもりなんてさらさらないからこそ、俺に可愛げなんて見せる気ゼロの、好き放題な態度で接してくるんだろう。

そう、思っていた。

だが夏休みの間、影石菫《かげいしすみれ》の故郷である山奥の集落で縁結びの儀式に巻き込まれたことをきっかけに彩羽との距離が期せずして縮まってしまう。

その後《5階同盟》のシナリオ担当であり大人気ラノベ作家でもある巻貝《まきがい》なまこの担当編集、綺羅星金糸雀《きらぼしカナリア》の計らいにより海辺の別荘に招待される。プロデューサーとしての大先輩であるカナリアから、己の欲望と向き合うことの大切さ、それにより引き出せるクリエイターの才能もあるのだと教えられた俺は、今一度、自分自身の素直な感情と向き合うことに。

そして気づいてしまう。

彩羽と過ごす時間の中で、俺は不覚にも、不本意だが、大変遺憾ながら、彩羽の持つウザさの中に可愛さのような何かを感じてしまっていたのだ……と。

もちろんそれはイコール恋愛感情かといえば、そうではない。そもそも恋愛経験皆無の俺は、どれが恋愛感情なのかすらわからなかった。

ただひとつ確かなこととして、小日向彩羽を——俺にだけウザい友達の妹を、ウザいところも含めて、女として可愛い奴なのだと認識してしまったのだ。

それに気づいてしまった俺は、自らの情動《カルマ》に従い、こう思ってしまう。

——このウザ可愛さの素晴らしさを知るのは、俺だけでいいのか？

才能、魅力のたぐいを世の大勢に認めさせることこそ社会全体の最大効率と考える俺は、自らの心に従って、彩羽がウザく当たれる友達を作ってやろうと心に決めた。一学年下の彩羽は俺や《5階同盟》の他のみんなが卒業したら、すぐそばにウザい顔を見せられる相手がいなくなる。楽しく素直に自分らしさをぶつけられる相手がいたほうがきっといいに違いないから。

……ちなみに最近、真白の様子がおかしい気がするんだが、俺にはよくわからん。

登場人物紹介

大星 明照　おおぼし あきてる

主人公。高校２年生。無駄な青春を送らない効率厨で、友達は乙馬のみ。自称・平均的高校生だが、実は「５階同盟」プロデューサー。最近ウザかわも悪くないと認識を改めた。地味におばけに弱いため、夏は比較的苦手。

小日向 彩羽　こひなた いろは

高校１年生。乙馬の妹。学校では明るく優しい清楚な優等生として評判だが、その本性は超ハイテンションなウザ女。明照にだけ妙にベタベタ絡む。七色の声を持つ演技の天才。陽キャなので夏になるとテンションが上がる。

月ノ森 真白　つきのもり ましろ

高校２年生。明照の同級生で従姉妹で偽カノジョ。明照にはリアルで冷たく、LIMEでデレる。大ヒット作家・巻貝なまこという裏の顔も。すぐに夏バテするため夏は引きこもり一直線だが、夏のイベントはわりと好き。

小日向 乙馬　こひなた おずま

高校２年生。通称オズ。明照の唯一の友達。明照に絶対的信頼を置くイケメン。妹と違って気配りができるイイヤツ。「５階同盟」のシステムを一手に引き受ける天才プログラマー。夏になるとPCの熱暴走が心配のタネ。

影石 菫　かげいし すみれ

アルコール大好きな25歳。《猛毒の女王》と呼ばれ恐れられる明照達の担任教師。その正体は〆切を守らない敏腕イラストレーター「紫式部先生」。夏の同人誌即売会のあとにビールを一気飲みするのが至福のひととき。

interlude

Tomodachi no imouto ga ore nidake uzai

幕間●●●●● 真白のモヤモヤ

『彩羽《いろは》ちゃんは《5階同盟》の声優なの？』

夜。ナイトテーブルの仄《ほの》かな灯《あか》りの下、ＬＩＭＥのメッセージ入力欄に打ち込んだ文字を見つめること数分。送信ボタンをタップしそうになる指が、あと数ミリ動かない。

あの海の日から数日経《た》った。

菫《すみれ》先生の車で帰る途中、疲れ果てて眠ってしまったアキの手から落ちたスマホの画面を意図せず見てしまったときから、真白《ましろ》の心の荒波は、ちっとも鎮まってくれない。

アキが《5階同盟》の目標を達成するまで恋愛のことは考えられないと言ったとき、勇気を出して告白したのになんて生殺しだよふざけんなばかしねって思ったけど、それでも前向きでいられたのは、ひとえにカードを握ってたから。

巻貝《まきがい》なまことして、《5階同盟》の仲間として共に歩めるから。

彩羽ちゃんや翠《みどり》部長みたいな魅力的な女の子がアキの周りに近づいてきても、心のどこかで自分には特別な絆《きずな》があるんだって、言い聞かせることで安心してた。

でも、違った。

彩羽ちゃんは《5階同盟》の声優だった。『黒き仔山羊《こやぎ》の鳴く夜に』で声を当ててる、正体不明の謎《なぞ》の声優旅団X。

巻貝なまこ、紫式部《むらさきしきぶ》先生、OZ《オズ》にすら、その正体を明かさない唯一のアンタッチャブル。

つまりそれはアキにとって一番特別な存在かもしれなくて。

そのポジションにすっぽり納まってるのが彩羽ちゃんなのだとしたら、そこで育まれてる絆《きずな》は、あくまでも好きな作家先生止まりの巻貝なまこでは……それも大学生の男と偽ってる状態では、到底太刀《たち》打ちできないわけで。

しかも彩羽ちゃんは、ただの女の子じゃなくて。真白にとって、初めての友達でもあって。みじめで卑屈で弱っちくて、誰《だれ》のことも信用できずに突き放していた真白のために怒ってくれて、友達になろうって、手を差し伸べてくれた子。

でも……これは罰なのかな？

ずるい方法でアキと接点を持とうとした罰。最初から勇気を出して、自分の声で、自分の顔で、アキと向き合っていればよかったのに。正体を明かして拒絶されたら立ち直れないから、傷つきたくないから、中途半端《ちゅうとはんぱ》な距離感を選んでしまった。

だから彩羽ちゃんも真白を恋敵と認識できずに、友達になってしまった。

正々堂々と最初から全部を明かしていたなら、彩羽ちゃんだって、真白と友達になろうとしなかったかもしれないのに。

何もかもに及《およ》び腰《ごし》。何もかもに中途半端。

そして結局何も得られない。

「小さい頃《ころ》とおんなじ。真白、何も成長してない……」

カレンダーを見る。

八月の終わりが近づいていた。

つまり、ここらの地域で有名な夏祭りの日が、近づいてるということ。

小学生の頃は毎年、アキの家——大星《おおぼし》家との親戚付き合いで、真白とお兄ちゃんはよく遊びに来ていた。夏祭りにも、一緒に行った。

江戸時代から続いてるらしい老舗《しにせ》が手掛ける花火が有名で、大手企業の援助のおかげもあり県外からも大勢のお客さんが詰めかける一大イベント。

だけどアキに言わせてみたら、人が多すぎるせいで子ども達にとっては大人の背中しか見えないクソイベントなんだって。

でもそれで楽しむのを諦《あきら》めないところが、やっぱりアキらしいところで——……。

『この木に登れば綺麗《きれい》に見えるんだ』

アキは小さな子どもでも最大限花火を楽しめる、秘密の特等席を見つけてみせた。

するすると登ったアキとお兄ちゃんが興奮気味に話しているのを見上げながら、真白だけは木の根元でうつむいたまま立ち尽くしていた。

運動神経のない真白に木登りなんて無理。登れるわけがない。だから花火なんて見たくない。

そんなふうにふてくされて、差し伸べてくれてるアキの手を摑《つか》めなかった。

挙句の果てに真白はその場に座り込んでいじけてさえいた。

弱虫。

臆病《おくびょう》。

根性なし。

せっかく苦手な人混みでも、アキと一緒に遊びたいから頑張って外に出てきたのに。

あと一歩の勇気が足りなくて、一番美味《おい》しいところを味わえない。

自分でも笑っちゃうほど非効率的で、そんな中途半端な自分に自己嫌悪さえ覚えてしまって。

だけどそんなとき、アキは――……。

せっかく登った木から降りてきて、真白の隣に座っていた。

『どうして降りてきたの？　……登れない真白が悪いんだから、アキは気にしなくていいよ』

そう言って突き放そうとした台詞《せりふ》に対するアキの回答を、真白は今でも憶《おぼ》えてる。

『いや、真白の運動神経を考慮して場所を選べなかったのは俺《おれ》だ。俺が悪い。お前と同じ条件で花火の時間を迎えるのは当然だろ』

本当に、今も昔も、アキはアキ。

低いところでまごついてる真白の位置まで降りてきてくれる。真白のことなんて放っておけば、どこまでも高いところまで行けるのに。

そんな優しいアキが……真白はずっと好き。好きだった、なんて過去形で表せる日はたぶん来ない。

たとえ彩羽ちゃんの本心がどうであっても。

たとえ彩羽ちゃんの正体が《5階同盟》の中で特にアキが重視する才能だったとしても。

自分の気持ちはどうせ変わらない。変えられない。

「正体を知っても無意味じゃん。ばか」

書きかけの文章を削除する。彩羽ちゃんに探りを入れるような真似《まね》は、やめよう。

大事なのはそこじゃない。

もしも彩羽ちゃんを敵に回して、張り合って、恋のレースにも負けてしまったら――真白は大好きな男の子と、唯一の友達を、同時に失うことになってしまうけど。

――いや、違う。

たとえ同じ人を好きになり恋敵になってしまったとしても、彩羽ちゃんは真白を嫌って排除したりはきっとしない。

そう恐れてしまうのは、真白自身の問題。

真白が自分を信じてないから。本当は彩羽ちゃんと対等な友達でいられるような人間じゃないと思ってるから。アキの隣に立てる人間じゃないと思っているから。

だからこうしてほんの些細《ささい》な秘密の存在や、利害関係の衝突で不安になってしまう。

──強くならなきゃ。

真実がどうあっても、けっして傷つかないように。

臆《おく》することなく、正面から彩羽ちゃんにぶつかっていけるように。

「あれ……？」

そのとき、タイミングを見計らったかのようにスマホが震えた。

メッセージの差出人を確認すると──……。

「お、お父さん……？」

珍しい。大企業の社長を務める父は多忙で、親馬鹿《おやばか》の割にはＬＩＭＥメッセージを送ってくる頻度は少なかったはずなのに。

そう思いながら開いたメッセージの内容を見た瞬間──さっと、血の気が引くのを感じた。

《父》真白。明照《あきてる》くんとの二セ恋人関係……さてはうまくやれていないね？

……タイミング良すぎて怖いんだけど、何この父親。

prologue

Tomodachi no imouto ga ore nidake uza

プロローグ

夏休みのゴールが見え始めてきたある日のこと。

世間では無計画な学生達が宿題の進捗に頭を悩ませ、最後の悪あがきに明け暮れているはずのこの時期に、当然効率的な予定を立てて実行してきた俺《おれ》は通常営業だった。

いつも通り。普段通り。安定的に……

「う～ん、どうしよっかなぁ。彩羽《いろは》さん忙しいからなぁ～？」

「おま。ここにきて、そりゃないだろ……」

……マンション502号室の我が家の寝室で、いつもの後輩にウザ絡《から》みされていた。

「友達少ない歴16年、こだわりのぼっち職人であるセンパイにはピンとこないかもしれませんけどぉ、陽《よう》キャ界隈《かいわい》の夏休みは予定でいっぱいなんですよ☆」

「お前ほぼ毎日うちに入り浸ってたじゃねえか。それ以外のときは旅行だったし」

「こーまーかーいー。そーいう野暮《やぼ》なツッコミよくない！」

膨らんだ頬《ほお》に不満をたっぷり詰め込んで、じたばたと素足を暴《あば》れさせたのは小日向《こひなた》彩羽。

靴下を脱ぎリラックスしてベッドに座る姿。

通気性の良さそうな、腕も胸も脚も全体的に涼しそうな私服姿。

そういった姿を学校の人間に見られたらあらぬ誤解をされそうだが、彩羽はべつに俺の恋人ってわけじゃないし、妹だとか幼なじみだとかそういうわかりやすい属性でもない。

隣に住む友達の妹。ほんのりと近い縁の後輩だ。

山吹色の明るい髪。せわしなく動く大きな瞳《ひとみ》に、均整のとれたスタイルと成長著しい大きな胸。男子の理想をこれでもかと振りまく見た目は学校でも評判が良く、明るくて清楚《せいそ》な最強の優等生として注目を浴びているらしい。……らしいんだ。うん。

だけどコイツのそんな顔は、俺の前では剝《は》がれ落ちて。

「とーにーかーくー。多忙な私の収録スケジュールをどぉ——しても押さえたかったら、誠意を見せてください！　圧倒的な誠意を！」

トニカクウザイ。思わず漫画のタイトルっぽいものを頭に浮かべてしまうくらい、ウザい。

「誠意って……何すりゃいいんだよ」

「うーん、そうだな～。『彩羽ちゃんとどうしても一緒にいたいです！』って3回唱えた後に『ワン！』って吠《ほ》えたらやってあげなくもないですよ」

「イロハチャントドウシテモイッショニイタイデス。イロハチャントドウシテモイッショニイタイデス。イロハチャントドウシテモイッショニイタイデス。ワン。（高速詠唱）」

「心こもってなさすぎぃ！」

「なんでだよ。言われた通りにやっただろ」

ロボの如《ごと》くカタカタと歯を鳴らしながら無感情で唱えただけで。

「もー。恥ずかしがっちゃって。センパイの心が赴くままに、素直にやればいいだけなのに」

「なるほど、一理あるな」

遠慮して自分の本音を押し殺すと幸せから遠のくという説を聞いたことがある。

効率的な幸福を追い求めるなら忖度《そんたく》など不要！　唯我独尊であるべし！　誰《だれ》だか知らんが、本を書くような人は良いこと言うぜ。

「――よし、じゃあさっそく心が赴くままに音井《おとい》さんにチクるわ。『彩羽が日程調整でケチをつけてくるんだが』……っと」

「あああああああごめんなさいごめんなさい調子乗りました勘弁してください‼」

スマホを開き、ＬＩＭＥを起動させる俺に彩羽が泣きながらすがりついた。

さすが最終兵器音井さん。名前を出しただけでこれとは、絶大な抑止力だ。

「最初から素直に予定を教えりゃいいんだよ」

「むぅー。ちょびっとでもセンパイがあわててくれたら可愛《かわい》いなーって、乙女心なのに」

「仕事に乙女心を持ち込むな。……で、いつなら行けるんだ？」

「むー……。まあぶっちゃけいつでも空いてるんで、どこでもいいんですけどねー」

「陽キャ界隈の夏休みは予定でいっぱいだったんじゃないのか？」

「彩羽さんレベルになるとクラスメイトのお誘いを断っても許されるんですよ。なんとなーく忙しそうだし仕方ないよねって空気が生まれるんで！」

「便利なもんだなぁ……」

そうつぶやいたものの、素直に羨《うらや》ましがりはしない。こいつがただの友達の妹ならラブコメ主人公よろしく気づかなかった、って顔をしていられるんだろうが。

生憎《あいにく》とそこを鈍感に流せるほど、知らない仲でもない。

というか、この夏ひとつの決意を固めた俺にとっては、特に見過ごせないわけで――……。

「なあ、彩羽。お前さ――」

「お、ＬＩＭＥだ」

クラスメイトともっと仲良くして、同い年の親友を作ったらどうだ？　と訊《き》こうとした俺を遮《さえぎ》って、彩羽がスマホを取り出した。

漫画アプリも音楽もＹｔｕｂｅも入っていない、電話とＬＩＭＥのためだけのスマホ。俺が渡した娯楽系アプリ入りのそれとは違う、親から渡されている方のスマホだ。

前時代的な用途のそれを、だけど今時のＪＫらしい滑らかな指さばきでいじっている。

「お前が誰かと連絡取ってるの地味に珍しいな……。オズか？」

「えー、ないない。お兄ちゃん、メッセとかほとんど送らないですよ」

「じゃあ、菫《すみれ》先生？」

「修羅場《しゅらば》続きで積んでたアニメとゲーム一気に崩すからって、LIMEの通知切ってますね」

「……真白《ましろ》？」

「真白先輩とは最近もちょこちょこ連絡取ってますね。――でも残念。今は違います！」

「違うのか。……なら誰と――」

「誰って、そりゃあ……ん？　ふぅーん。ふふふふ。にゅふふふふーん」

「な、なんだよ。その顔は」

スマホから視線を外し、俺の顔をニマニマと見つめてくる。

……完全にからかうときの表情だ。

「センパイ、もしかしてヤキモチ焼いてるんですかー？　私が誰と連絡を取ってるのか、気になって気になって仕方ないんですかー？」

「はあ⁉　ンなわけねえだろ、どうして俺がヤキモチなんか――」

「じゃあ私が誰と連絡してても関係ないはずですよね？　ね？　相手の情報が気になっちゃうってことは、そーゆーことですよね照れなくていいですわかります！」

マシンガントークでまくし立て、俺の頬を人差し指で十六連打。

う、ウゼえ……あまりにもウザすぎる。

「ただ珍しいと思ったんだよ。《5階同盟》関連と真白以外に、ちゃんと友達いたんだな」

「ウリウリウリウリ！　――えー、そりゃいますよ百人くらい！　一年の人気者ですから！　……どやぁ！」

「ドヤ顔の様子を台詞《せりふ》にすんな」

はっ倒したくなる。

ここ最近、彩羽のこのウザさも可愛げのひとつだなと感じてきた俺だが、それはそれとしてウザいものはウザいのだ。

「お前の人気は知ってるけど……いやまさか、ＬＩＭＥでやり取りするほどの友達がいたとはなぁと……」

コイツと一緒にいる時間は長いと思ってたが、知らないこともまだまだあるもんだなぁ。

彩羽のウザさを受け入れてくれる親友を作ってやりたいと思ってたけど、どうやらその必要もないかもしれない。しかし彩羽の奴《やつ》、いつの間にそんな友達を作ってたんだか。俺に教えてくれてもよかっただろうに、水臭い奴め。……まあ、ただの兄貴の友達に交友関係をいちいち説明する義務なんざないが。

「んー？　センパイもしかしてガチでわかってないやつです？」

「……何がだ？」

「あー、ホントにガチっぽい……まじかー」

「な、何だよ。俺、何か変なこと言ってるか……？」

「ある程度予想ついてる上で探り入れてるのかなーと思ってウザカウンターしたんですけど。

どうやらガチでLIMEの相手がわかってないみたいなんで、可哀想《かわいそう》なセンパイに彩羽ちゃんが懇切丁寧に種明かししてあげます」

慈しみを込めた口調になってもウザいとは、ある意味才能だ。

なんて思っている俺の前に、彩羽はスマホ画面を向けてくる。

その画面に映っていたのは——……。

「これ、グループLIMEですよ。うちのクラ、、、、、、クラス全員の」

「クラスの……グループLIME……？」

文明開化の時代に覚え立ての英語を発音するサムライのようにオウム返し。

いや、そんなものがあるらしいことは俺も知識としては知っていた。しかし——……。

「実在、したのか……」

「……ぷっ。うぷぷぷ。あはははははは！」

「なっ……てめ、何笑ってんだ！」

「いやあそうですよね！　クラスのグループLIMEなんてプロぼっちのセンパイには未知の概念ですよね！　やー彩羽ちゃんうっかり！　うっかり大人の世界を垣間見《かいまみ》せちゃいました！　サーセン‼」

「くっ……ま、まあいい。不特定多数の所属するLIMEグループなんざ、通知が鳴りすぎて鬱陶《うっとう》しいだけだろう。スマホの震えは意識の乱れ。作業の集中を妨げるものでしかない。効率的に考えたら所属してない方が……」

「ニヤニヤ」

「……ッ。ぶっころ——ぶっ転がす！」

「え、ちょ、にゃあああ⁉」

不適切な発言をしかけた俺は咄嗟《とっさ》にコンプライアンスに抵触しない表現に切り替え、ベッドのシーツをその上に座る彩羽ごとめくり上げてぶっ転がした。

……もちろん込めた感情はそのままだけどな？

「もー！　何するんですかーっ！」

「突然シーツを替えたくなったんだよ。俺の部屋なんだから自由だろ」

「いやそれ本気でそんな発作あるならやべー奴ですよ？」

「無理筋なのはわかってる……っていうか俺のことはいいから返事しろよ。何かメッセ来たんだろ？」

「あー、これですか？　うーん、べつにいいかなー。あんまり惹《ひ》かれるお誘いじゃないし」

彩羽はスマホ画面を眺めてやる気なさそうに言う。

「お誘い？」

「ほら月末に夏祭りあるじゃないですか。近くの神社でやるやつ」

「あー……あったな。河川敷で打ち上げ花火もある……」

「それですそれです。『そのお祭り一緒に行ける人、挙手ぅ～！』って呼びかけでした」

「楽しそうじゃないか。行ってきたらどうだ？」

夏祭りといえば、夏休みを飾る一大イベント。学生達が送る青春イベントの定番中の定番。恋は燃え上がり、友情は萌芽《ほうが》する高校生なら誰もが浮足立つ珠玉の時間……いや、経験ないし、知らんけど。

だが近いうちに彩羽に親友を作ってほしい俺としては、クラスメイトとの交友関係も深めてほしいわけで。ここは熱烈にプッシュしておきたいのだが……。

「うーん、べつにクラスの子達のことが嫌なわけじゃないんですけど。その日はなーって」

「何か用事があるわけでもないだろ？」

「いや、たったいま用事入れようと思ったんですよう。収録、その日にしようかなって」

「はあ？　なんでわざわざ？」

「なんでって、その日の昼のうちに収録したらその足で遊びに行けるじゃないですか。ほら、センパイや音井さんと！」

「あー……」

その発想はなかった。

尻尾をぶんぶん振る犬みたいな顔で言う彩羽に……うんまあ、そりゃそうか、と納得せざるを得ない。俺の思惑なんて知ったこっちゃないコイツにしてみれば、普段から仲良くしてる俺や音井さんと行きたいってのは当然の反応だ。

まあ彩羽に親友つくろう作戦は長期目標だし、本人の意向を無視してゴリ押しするものでもないしな。

「……オッケー。そんじゃその日に収録して、夏祭りはその後、いつもの面子《メンツ》で──」

と、俺が段取りを話そうとした、そのときだった。

ピン──……ポォーン──……。

玄関ドアのチャイムが鳴った。

彩羽がたまにやるようなウザ連打ではなく、たった一度の、慎《つつ》ましやかな音。

だけど、気のせいだろうか？

──不思議と重々しく、静かな重圧を込めた音に聞こえたのは。

「およ、珍しいですね。こんな時間に来客なんて」

「……嫌な予感がする」

「へ？」

「彩羽、今回はガチだ。声を出すな、絶対に」

「え、えっと……はい」

足音を殺してリビングへ行き、インターホンのモニターを覗《のぞ》き込む。

画面に映っているのは、白い髪、白い肌に白い顔。

もうひとりのお隣さん——月ノ森《つきのもり》真白だった。

『あ、あの……アキ。いま、いいかな』

「な、なんだ真白か。どうした？」

『あ……うん、あのね。今日は日曜日だよね』

「ん？　そうだが……夏休みなんだから関係なくないか？」

『ないんだけど、なくないっていうか』

「意味わからん」

気まずそうにうつむき、もじもじしながら言葉を濁す真白。

普段から歯切れの悪い喋《しゃべ》り方が特徴的ではあるものの、何となく違和感がある。

顔色もよく見たらいつにも増して青白いような……。

たとえるなら画面の外で何者かに拳銃《けんじゅう》を突きつけられながら話しているような、そういった種類のぎこちなさを感じる。

「センパーイ……？　結局、誰が訪ねてきたんです？」

小声で窺《うかが》うように寝室ドアから顔を出す彩羽。ガチめに言い含めたから気を遣ってくれてるんだろうが、それができるなら普段ももうすこし自重してくれ。

「ああ、実は真白——……」

なんだが、ちょっと様子がおかしいからもうすこし黙っててくれ、と言おうとした瞬間。

『いま、誰と会話してるんだい？』


「ぎゃ————————ッ⁉」

突然、渋めのダンディボイスが響き、モニタ一杯におっさんの顔が映し出された。

血走った目と鬼の形相のせいで元の造形とかけ離れた作画崩壊っぷりだったが、その隠しきれないナイスミドルっぷりは他でもない、俺の伯父であり真白の父親。そして《5階同盟》のコネ就職先の伝手《つて》でもあるハニープレイスワークス代表取締役社長、月ノ森真琴《まこと》である。

つーか開幕ホラー演出やめろ。

「ど、どうしたんですか⁉　いきなり悲鳴をあげたりして！　センパイの情けない声、微妙にカワイ——むぎゅっ⁉」

「心配するフリしてさりげにイジりを入れんな。そして声を出すな！」

「むむー！　……ぷはっ。何ですかもう！　無理矢理なんて最低ですっ。合意書を書かないと逮捕されるんですよ？」

「どこの条例だよ。ていうか実際に導入された県あるのかそれ」

って、漫才やってる場合じゃない。

「まずいことになった。いますぐここから脱出してくれ！」

「ええっ？　でも――」

「説明は後だ！　いまは一刻も早く！」

「ちょ、わ、お、押さないでくださいってば⁉」

力士ばりの張り手で窓際に追いやり、そのままベランダへ。

事情がわからず目を回してる彩羽に丁寧な説明をしてやりたいところではあるんだが、俺もかなり平静さを失っていたから無理な相談だ。

いや、だってそうだろう。

月ノ森社長と交わした《5階同盟》ハニプレ入りの条件。それは、真白のニセ彼氏となって卒業まで彼女を守ること。その間、本当の彼女を作ったり、真白自身と本気の恋愛をしたり、しないこと。

青春時代に何があったか知らないが妙なルサンチマンを抱える大人に、俺は今、最大限配慮しなければならない身の上なのだ。

彩羽と一緒のところを月ノ森社長に見られるのはマジでヤバい。何がヤバいってもうヤバい。てわけで彩羽には速やかに退散いただくしかなく。

「あとで埋め合わせはする。今はとりあえず、ベランダ伝って自分の部屋に戻ってくれ」

「よくわかりませんけど……何かガチでヤバそうなので了解です。あとで説明よろですよ？」

「ああ。またな！」

ゴリ押しされて不服そうながらも彩羽は、積まれた段ボール箱をどけて、非常時にだけ隣のベランダに移れる仕組みの隔て板（穴があいてる）を出現させた。テロテロテロテロテロン♪と緑の服の剣士が謎《なぞ》解きに成功したときの音が幻聴で聴こえそう。

本当は日常的にあいてちゃいけない穴なんだけど、以前に事故でうっかりあいてしまってから、意外と便利なのでそのままにしてあるやつだ。

――こういうときに使えるってのは、さすがに想定してなかったけどな！

「あ、あ～、お待たせしました！」

「随分と時間がかかったね？　それに何やら悲鳴も聞こえたが」

部屋に彩羽の痕跡《こんせき》が残ってないことを確認し、玄関ドアを開けたときにはもういろんな汗で服の中が大変だった。

「む、虫が、出まして。退治してたんですよ。あは、あはははははは」

「そうかい。衛生状態には気をつけたまえよ、キミ」

「あ、あのー、本日はどのようなご用件で？」

「いや何、たいした話じゃないんだ。ただ――」

ニコニコしながらも目は鬼神のような殺意を宿してる、満面ならぬ半面の笑みで、月ノ森社長はこう告げた。

「——明照《あきてる》君、真白、キミたち二人の、偽カップルとしての覚悟を試しにきた」

＊

『そういえばアキと月ノ森さんってニセ恋人同士なんだっけ。すっかり忘れてた』
『お互いにそれっぽいことしてないからな……。真白の性格的にも』
『はてさてどうなることやら』
『楽しそうだなぁ、オズ……』

001

Tomodachi no imouto ga ore nidake uzai

第1話・・・・俺の従姉妹がそういえばニセ彼女

最初に言い訳させてほしいのだが俺《おれ》はけっして真白《ましろ》とのニセ恋人関係を忘れてたわけじゃない。

カップルらしいことはしておらず、ラブコメでよくあるニセ恋人ならではの甘酸っぱい関係みたいなイベントはまったくこなさず今日まで来たがそれには理由があってだな。

普通であれば出会って数ヶ月後、単行本にして10巻ぐらいで訪れるようなガチ告白をかなり早い段階（もし俺の体験を本にしたとしたら1巻ラストから2巻ぐらいの爆速タイミング）でされたため、急速に、フリでイチャつくみたいなことがしにくい雰囲気になってしまった。

考えてもみてくれ。

本気で俺を好きだって言ってる奴《やつ》に、恋人ムーブをさせるとか、クズにも程があるだろ。

だから、まあ、なあなあで、書類上だけのニセ恋人状態を維持していた。

仮面ニセ恋人とか、これもうわかんねぇな。

「——率直《そっちょく》に言うが明照《あきてる》君。真白。キミら、ちゃんと恋人関係をやれてるのかい？」

我が家の食卓。

俺と真白が隣同士で座り、机を挟んで反対側に月ノ森《つきのもり》社長。事情聴取の構図。

夏の旬摘み珈琲《コーヒー》（最近俺がハマってるやつを振る舞った）の芳《かぐわ》しさを楽しみながら、社長は直球で訊いてきた。

「少なくともクラスの連中は、俺達がカップルだと思い込んでますよ」

「う、うん。騙《だま》しきれてる……よ？」

「なるほど、なるほど。具体的にどんな演技をしてるんだい？」

「ぐ、具体的って……それは、ふ、普通に……」

「普通、とは？」

「ううっ……」

月ノ森社長の鋭い詰め方に真白は二の句を継げずに縮こまる。

真白は、転校とひとり暮らしの代償に、俺とのニセ恋人関係を承諾した。俺と同じく真白にとっても、この関係性は父親と交わした破れない約束なのだろう。

俺と同じ禁忌を言い渡されているとしたら、真白はとんでもないチョンボを一個してるわけで。

ガチで俺を好きになり、告白した。その事実は明々白々な契約違反だ。

「曖昧《あいまい》な答えが通ると思わないことだ。これでも大企業のリーダーとして世界に名を馳《は》せる身だ。人を見る目は、あるつもりだよ？」

「くっ……」

下手なごまかしは通用しそうにない。

俺は覚悟を決め、隣の真白の脇腹《わきばら》をさりげなく肘《ひじ》でつつき、声を潜めた。

「……真白」

「……え。っと。な、何？」

「やるしかない」

「え？」

「伯父さんを納得させるには中途半端《ちゅうとはんぱ》じゃ駄目だ。――全力を尽くそう」

「……！　う、うん。わかった。仕方ない……よね」

俺と真白は月ノ森社長にバレないよう視線と小声でコンタクトを取り合う。

事前の打ち合わせは何もしていないが何だかんだで俺達はそこそこの時間を一緒に過ごしてるんだ。話してるうちに、感性の近さも感じるようになってきた。

カップルとは普段どんなことをしているのか？

俺と真白の見ている世界は……同じ！

気合いとともにくわっと目を見開き、俺は右腕をビシっと上げた。見様見真似《みようみまね》で真白も続く。

「明照です」

「ま、真白です」

「『ショート嘘《うそ》デート、『夏祭り』』」

コントか。てかよくとっさに合わせたな真白。偉いぞ。

と我ながらツッコミどころ満載な導入だが、ここはもう勢いで押し切るしかなかった。

「真白、今日は夏祭りなわけだが――」

「う、うん。そうだね」

「と、とりあえず、出店を回るか。こ、効率的なルートで」

「え、でも、人混み、きらい」

「あ、そ、そうか。じゃあ、帰るか」

「う、うん、家で、ゆっくり、してたい」

「はい、カァ――――ット!!　キミらやる気あんの⁉」

月ノ森社長、いや、監督に怒られた。

ずぶの素人《しろうと》によるリハーサルなしの本番なんだから、ちょっとぐらい手心をだな……。

「そんなことで青春を謳歌《おうか》する真の陽《よう》キャどもを騙せるとでも？　二人の関係がぎこちなければ、すかさず寝取りDQNのビッグサンにロックオンされてベッドインだぞ⁉」

「無駄に洗練された最低な韻踏みやめてください」

「うちのくそ親父《おやじ》がごめんね、アキ」

「黙りたまえ。キミたちに許された発言は『イチャ』か『ラブ』だけだ！」

「なんてIQの低い理不尽さだ……」

あまりのアホさに頭痛がする。しかし当の月ノ森社長は極《きわ》めて真剣であり、俺と真白がうまくやれなきゃ本気で就職の話をなかったことにされかねん。

「まさかとは思うが、二人とも。明照くんに本命のカノジョがいるから、遠慮してカップルのフリができない……とかではないだろうね？」

「……は⁉」

「……ッ⁉」

予想外に鋭い指摘をされ、思わず声が裏返る。

まさか彩羽《いろは》のことがバレてるのか？　いや、べつにあいつはカノジョでもなんでもないが。

いきなり我が家に押しかけてきたことといい、何かしらの嫌疑をかけられてると考えるのが、むしろ自然と言えそうだ。

まずは冷静に対処しよう。表情や態度に出さないように——……。

「本命のカノジョ……アキに本命のカノジョ……？　本命の……カノジョ……‼」

真白——ッ⁉　出てる！　表情に出まくってる！

ていうか何に怒ってるんだよ。俺にそういう相手がいないことくらいわかってるだろ。もし

かして架空の本命カノジョに嫉妬《しっと》してるのか⁉

「アキ、やるよ。本気のイチャラブ」

「いや待て落ち着け。伯父さんの挑発に乗る必要は――」

「や、る、よ?」

「あっハイ」

ドスの利《き》いた声で言われ、素直に敬礼。

教室では引っ込み思案で押しが弱いくせに、ホント俺にだけ当たり強いんだよなコイツ。

……まあいい、覚悟は完了した。合わせてやるから何でもこい。

視線だけでその意思を伝えると、真白は今から人を刺しに行きそうな真剣な顔で、こくりとうなずいた。

すぅーっと深呼吸をして。

くわっと開眼。

「ア～キ♪　今日はお祭り――特別な日なんだから、真白のおねだりたくさん聞いて?」

「AHAHA。もちろんさ☆　なんでも言ってごらん?」

「あのね、神社の境内に人がたくさんいて怖いから、み～んなジェノサイドしてほしいの♪」

「こいつぅ、猟奇的だぞぉ」

「それでね、それでね、屋台でおいしいもの、たくさん食べさせてほしいの♪」

「ほら、お食べ。幸せそうに食べてるキミを見ると、こっちまで温かい気持ちになれるよ」

「食いしん坊みたいに言っちゃイヤぁ。アキのために毎日綺麗《きれい》になる努力してるんだからぁ」

「おいおい my baby《マイベイベー》。ほっぺにわたあめがついてるぞ☆」

「やだもぉ my sweet darlin《マイスイートダーリン》。あなたの唇で拭きとって♡」

——何やってるんだろうなぁ、俺達……。

勢いのままに突っ走りながらも唐突に賢者の時間が訪れた。最初から最後まで変な台詞回《せりふまわ》しだった気がするけど、ぶっちゃけ何を言ったのか自分でもよく覚えてない。

俺と真白がピタリと硬直したまま、時は止まる。

この寸劇を見た、月ノ森社長の反応は……？


「よろしい。通れ」


「いよっしゃオラァ‼」

「ナイス、アキっ」

全身全霊で肘をぶつけ合い、勝利を喜んだ。

それにしてもこんなことで騙されるなんて、社長も随分とチョロい——

「——ところで話は変わるがこの部屋、オンナの匂《にお》いがするね」

「……ッ⁉」

隙《すき》を生ぜぬ二段構え。勝利に緩《ゆる》んだ意識の隙間《すきま》を貫くような一撃。

これが社長のスキルか！　とか、感心してる場合じゃない。

「そ、そりゃあここには真白がいますから。女の子の香りがして当然ジャナイデスカネ」

「いいや違うね。これは真白以外のオンナの香りだ。この僕が至宝の愛娘である真白の匂いを間違えるわけがないからね？」

「え、何それ気持ち悪い。きもいじゃなくて、気持ち悪い」

「真白……その単語は中年男性特化型の殺傷武器だから使用する際は充分に注意をだね……」

娘にキモがられて傷つく程度には繊細さが残っていたらしい。

この上なく正しい場面で使われてた気がするけど、突っ込まないでおくとしよう。

「と、とにかく！　この家に真白以外のオンナの匂いがするのだ！　明照君、誰《だれ》か連れ込んでるんじゃあないだろうね⁉」

「そ、そ、そんなわけないでしょう。ひ、非モテ属性フツメン代表の俺ですよ？」

「む……確かに。拗《こじ》らせた童貞特有のスメルは今でも健在だが……」

「いくらなんでも好き放題言い過ぎじゃないですか？」

月ノ森社長、暴走すると暴言の敷居下がりまくるんだよなぁ。

そういうところだぞ。娘にいまいち好かれないの。

「むむむ……うん？　いや待て。もうひとつおかしな点があるね、明照君」

「こ、今度は何ですか。言いがかりもほどほどに——」

「飼ってる猫はどこだね？　マンチカンの姿が見当たらないが」

——そういえばあったな、そんな設定！

随分前に月ノ森社長との電話中に彩羽にじゃれつかれて、疑われたとき、とっさについた嘘《うそ》がここにきて最悪の伏線回収に至るとかどうなってんだよ！　ていうか家に踏み込まれたら一発でバレる嘘ついてんじゃねえよ三ヶ月前の俺!!

「ね……猫アレルギーになってしまいまして。泣く泣く里親に出したんですよ」

「ほう。この短期間に、ねえ？」

「三ヶ月もあればいろいろと状況が変わることもあってですね……」

まあ実際、真白に告白されたり……。

彩羽のウザさの中に可愛《かわい》さを見出《みいだ》してしまったり……。

いろいろと変わったもんなぁ……状況。

「苦しい言い訳のように聞こえるが……。まあ、よかろう」

腑《ふ》に落ちない顔で立派なひげを指で弄《もてあそ》ぶ月ノ森社長だったが、俺と真白の熱演に説得されたのか、もしくは大根芝居を哀れんだのか、それ以上は追及してこなかった。

ただ遠くを見るような真面目《まじめ》な表情で。

「僕としてはね、真白にはもう学校でつらい思いをしてほしくないだけなのさ。それができてるって言うなら、それでいいんだ」

「お父さん……」

「もし真白以外の女の子と明照君がイイ関係になっていたら……。それが、他のクラスメイト達に知れてしまったら……。おまけに真白と仲の良い姿を見せていなければ……。真白は、他の女に彼氏を寝取られた哀れな女と扱われてしまう！　そして彼氏にないがしろにされて傷心のカノジョには屈強な寝取りＤＱＮが寄ってくるのが世のならわし!!」

「いやさすがにリアルでそんなこと……」

……ない、よな？　リアルのその手の事情に詳しくないから、あんまり自信ないけど。

「確かに、一理ある。寝取りＤＱＮは、悪質」

「真白……なぜそこで理解を示す」

「チャラ男、パリピ、ＤＱＮ。そういう手合いは現実でも大体クズに決まってる。……リアルで話したことないけど」

「ないなら勝手に決めつけてやるなよ……」

ナンパを成功させるために毎日二時間ジムに通い、不断の努力で体を鍛え上げ、オシャレに気を遣い、デートスポットやおいしい料理店を調べ、女の子をエスコートする準備を常に欠かさないストイックなアスリート気質かもしれないじゃないか。

――そこまで頑張っても、他人の恋人に手を出したらクズなことに変わりないけどな。

しかしまあ月ノ森社長の言い分は少々過激な妄想まじりではあるものの、娘の真白が大切だって気持ちは本物だ。それはわかった。そして確かに、本来の目的を考えたら俺達二人はニセ恋人としての意識が低すぎた。

「ニセ恋人関係の重さ、理解してくれたかな?」

「……はい」

「わかってくれて何よりだ。——うん、良い珈琲だった。ご馳走様《ちそうさま》」

満足げにニコリと笑うと、月ノ森社長は席を立つ。

「あれ、もう帰るんですか?」

「ああ。すこし気になることがあったから尋問してみたんだが、尻尾《しっぽ》を出す気配はなさそうだしね」

「は、ははは。やだなぁ。後ろ暗いことがあるの前提みたいな言い方しないでくださいよ」

「ハハハ、そいつは失敬。大人になると疑心暗鬼がデフォになるものでね。あ、そうだ——」

笑いながら玄関で靴を履《は》き、ドアノブに手をかけたところで社長は振り返った。

「——小日向さん、に、よろしく頼むよ」

「はっ?」

目の前が真っ白になった。

なぜ、いま、その名前を出した?

「おやどうしたんだい、明照君。この前三人で鍋《なべ》をつついた仲じゃないか、お隣同士なんだろう、小日向《こひなた》さん――ああ、天地《あまち》社長と呼んだ方がわかりやすかったかな？」

「え……あ、天地社長。天地堂《てんちどう》の、天地社長ですね！　ああはいよろしく伝えときます！」

「しっかりしてくれたまえよ？　……では、アディオス」

気障《きざ》に手を振って、月ノ森社長は今度こそドアを開けて出て行った。

茫然《ぼうぜん》とそれを見送る。ばたんとドアが閉じる音が聞こえた瞬間、止まっていた心臓（比喩）が急に忙《せわ》しく鳴り始めた。

何だ今の。何気ない会話のようではあるが、カマをかけられたってことなのか？

「厄介なことになったな……」

後ろにいる真白にため息まじりに声をかける。

「……彩羽ちゃん、さっきまでここにいたの？」

「え。ああ、まあ。うちに入り浸るのがルーチンワークみたいになってるしな」

「ふうん、そう」

「……怒ってるのか？　変なことやってるわけじゃないぞ？」

「べつに怒ってないけど」

ならもうすこし声に抑揚をつけてくれませんか真白さん。

「ただ、毎日のように入り浸って、何をやってるのかなって……それぐらいは、思うよ」

「あー……まあ、漫画を読んだり、アニメを観《み》たり、音楽聴いたり」

「そんなの家でやればいいでしょ」

できないんだよなぁ。他人の家の事情だから明け透けには話せないのがもどかしい。

だけど確かに真白の視点で考えたら不審だよな。いくら兄貴の友達だからって、そう軽率に野郎の部屋に入り浸るなんて、特別な関係と思われても仕方ない。

ましてや真白はどうやら俺が好き、なのだ。気が気じゃなくても、仕方ない。

「あの性格だから無駄に距離感が近いんだよ」

「ふうん。……《5階同盟》と無関係なのにウザ絡みを許可するのって、アキにしては効率を度外視してるよね」

おずおずと、それでいてこちらの顔を窺うように、真白は言った。

──な、何なんだお前まで。何か腹を探られることが多いな、今日は。

「オズの妹だぞ？《5階同盟》の効率的な運用のためにも、そこんところのケアは大事だ。それ言ったら、真白だってそうだろ」

「……！　そ、それはそう、だけど。アキから見たら、そうだけど」

「ん？　俺から見たら？」

「こ、細かい。突っ込まないで。と、とにかく……アキは、彩羽ちゃんが好きだから、好きにさせてるわけじゃない、ってことで……いいん、だよね？」

不安げな真白の質問。

それに対する俺の答えは、もちろん決まっていた。真白に対しても、彩羽に対しても、その答えは一貫してる。

「もちろんだ。今は《5階同盟》のことが最優先。もっとも――」

恋愛や青春と向き合うことで結果的に仲間達のクリエイティブに貢献できるなら。

非効率の先に効率的な成長があるなら。

「――経験として。恋愛感情や、青春の一幕を否定《ひてい》する気は、なくなった。もちろん、彩羽をそういう対象に見てるわけじゃないが」

「真白と恋人ごっこするくらいの時間は、使えそう……ってこと？」

「え？　……ああ、まあ。そういうことにもなる、のかな」

「そう……。えっと、何か隠してることとか、ないよね？」

「……！　あ、ああ。ない、けど？」

「………………」

「真白？」

「……う、ううん。なんでもない」

一瞬、真白の眉《まゆ》の形が変わった気がするけど、気のせいだろうか？

隠し事をしてる身としては冷や汗ものの真白の反応に警戒心最大で構えていると、その小さな口が予想外のひと言を口にする。

「彩羽ちゃんに、気を遣わなくてもいいなら……。偽装デートみたいなこと、やってみる?」

「偽装デート……か」

先日、UZA《ユージーエー》文庫のスーパー編集である綺羅星金糸雀《きらぼしカナリア》の別荘を訪れたとき、誰かを可愛いと感じたり、何なら恋や青春の非効率的な欲求、時に汚くもある欲望でさえプロデューサーには必要な資質なのだと、あの超絶格上な先輩に教えられた。

だからこれからは以前よりもすこしは意識を緩めようとは思っているのだが、それはそれとして彩羽に恋愛感情を抱いてるかというとたぶん違うし、真白に対してどうかと訊かれても、それもわからないという――……。

結局のところ経験なさすぎて恋愛感情ってやつがよくわからないっていう……童貞ですまん。ホント、すまん。

まあそういう諸々《もろもろ》は抜きにしても、真白との恋愛ごっこはやらなければいけない、と思う。

「伯父さん、何か俺達のこと疑ってるもんな」

「監視とか、されかねない。何なら学校にスパイを潜り込ませてくるまである」

「ああ……もしそれで、俺と真白がまったく恋人らしいことをしていなければ――」

「うん。アキの周りにカワイイ女の子多いし。その中の誰かの方が、真白よりも親密だったら、全然ごまかせてないことになる」

「……一理ある」

「真白がほんとにアキのこと……す、好きになったのも……バレたらまずいけど……。そこはまあ、真白的には、ＯＫ」

「一理ある……か？」

俺としては気持ちを知りながら告白を保留してそれでいてデートは楽しむクソ野郎になった気分で、あんまり望ましくないんだが。だがそれはそれとして月ノ森社長の目はごまかさなければならないわけで。

「アキは何もしなくていいよ」

「え？」

「自分で計画しにくいでしょ？　何を提案しても真白を弄《もてあそ》ぶみたいになっちゃうし。この偽装デートは、真白が仕切るから。変な罪悪感とか、もたないでいいよ」

「いやだが投げっぱなしってわけにも」

「うるさい。口答えしないで」

「……うっす」

久々の塩対応。胸にグサリと刺さる感じが懐かしい。

「心配しないで、アキ」

真白はほんのりと得意げな笑みを浮かべ、グッ、と親指を立ててみせた。

「成功率100％の完璧《かんぺき》なデートプランを作ってみせるから」

＊

『すでに駄目そうなフラグがビンビン立ってるけど大丈夫？』
『同感だ……我が事ながら、俺も嫌な予感がする』

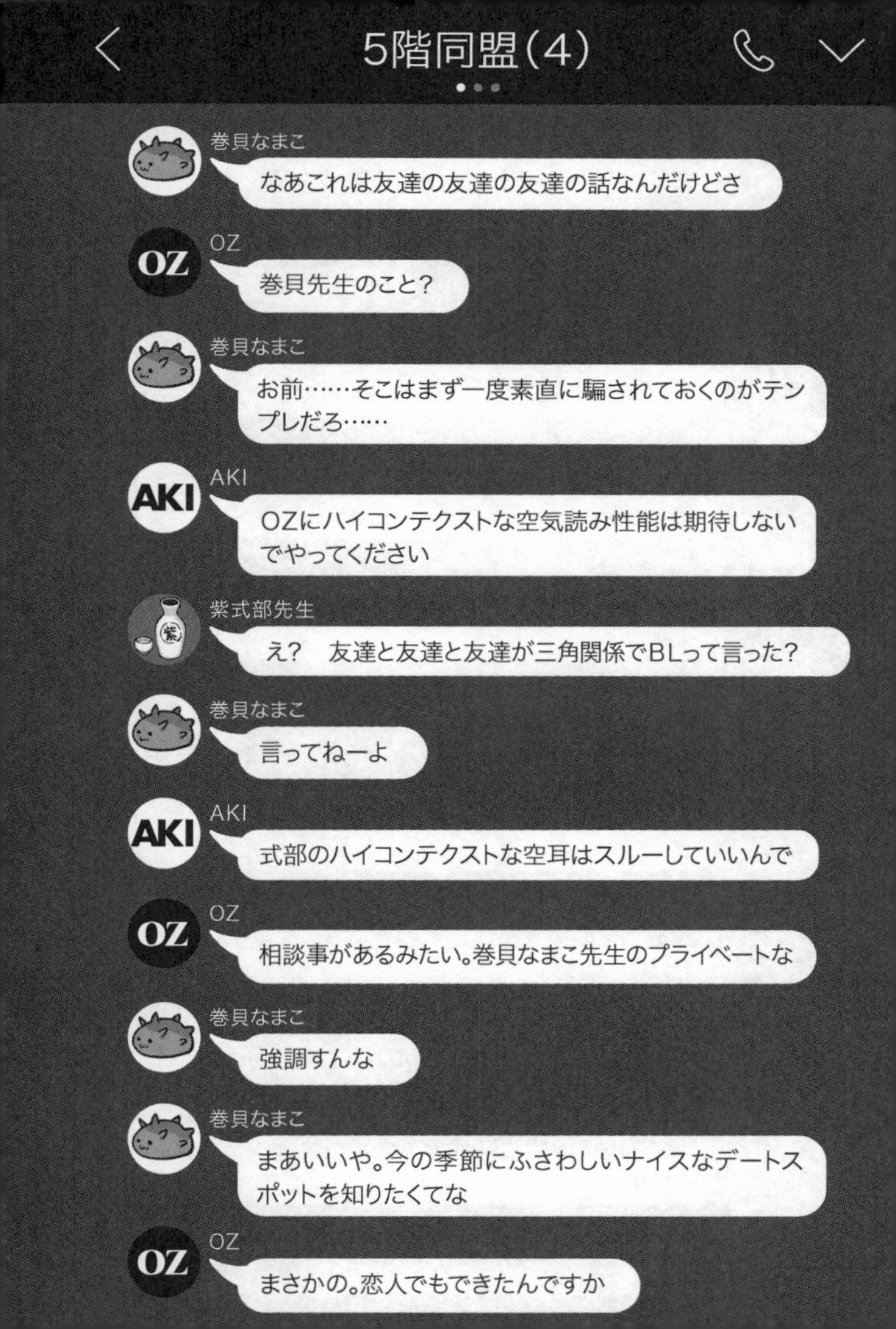
5階同盟(4)
巻貝なまこ
なあこれは友達の友達の友達の話なんだけどさ
OZ
巻貝先生のこと？
巻貝なまこ
お前……そこはまず一度素直に騙されておくのがテンプレだろ……
AKI
OZにハイコンテクストな空気読み性能は期待しないでやってください
紫式部先生
え？　友達と友達と友達が三角関係でBLって言った？
巻貝なまこ
言ってねーよ
AKI
式部のハイコンテクストな空耳はスルーしていいんで
OZ
相談事があるみたい。巻貝なまこ先生のプライベートな
巻貝なまこ
強調すんな
巻貝なまこ
まあいいや。今の季節にふさわしいナイスなデートスポットを知りたくてな
OZ
まさかの。恋人でもできたんですか

巻貝なまこ

ま、まあ、ちょっとな

AKI

おお、さすが。ベストセラー作家のイケてる大学生は違いますね

巻貝なまこ

褒めても何も出ねーよ

OZ

ギャルゲーだとこの季節は夏祭りが定番イベントだよねえ

AKI

ああ、確かに。『黒山羊』の世界観だとやりにくいから扱わなかったけど

AKI

一般的なスマホゲームだと夏祭りイベとかやってる時期だしな

巻貝なまこ

夏祭りか……なるほど

OZ

カップルで見る花火、一応ああいうのをロマンチックって言うんだよね？

OZ

爆発力学の観点から云々、みたいなのを楽しんでるわけじゃなく

AKI

そんな楽しみ方してるカップルいたら嫌だ……

紫式部先生

懐かしいなぁ学生時代の花火。家のベランダから1人で見てたわ

AKI

悲しいカミングアウトやめてください

AKI

でも実際、夏祭りは良い手なんじゃないですか?

巻貝なまこ

AKIもそう思うのか

AKI

最近は全然行きませんけどね

AKI

小さい頃は、毎年夏になると、いとこ達とよく行ってましたよ

紫式部先生

へえ……小さい頃のことなのに、よく覚えてるんだな

AKI

ええまあ。今となっては非効率的なイベントだなって思いますけど

AKI

たまには童心に戻って、ああいうのを楽しんでみてもいいのかなって思います

巻貝なまこ

海に行ってから、ちょっと変わったよな。AKI

巻貝なまこ

そっか。今なら……アリかもな

AKI

ですね。この季節には、ピッタリかと

巻貝なまこ

あざまる。参考になったわ

AKI

デート、頑張ってきてください!

巻貝なまこ

おう!

第2話・・・・お仕事のパートナーが俺にだけ手土産

《AKI》収録の日程なんですけど、来週末の日曜日とかどうですか?
《音井》めっさ月末だなーまあいいけどー
《AKI》夏祭りがあるんですよ。ほら、神社の境内でやるやつ。花火もあるやつ
《音井》あーそういえばー
《AKI》その日の昼に収録済ませちゃおうと思ってまして
《音井》終わったら夏祭りデートかー? 仲良いなーお前らー
《AKI》あ、いえ。それについてちょっと相談があるんですけど
《音井》ん?
《AKI》音井さんって、もうこっちに戻ってきてます?
《音井》ちょうど今日深夜の高速バスで帰るところー
《AKI》ああそうなんですね。じゃあ明後日以降、落ち着いた頃にまた連絡します
《音井》んー……とりあえず明日、会っとくかー
《AKI》明日? でも旅の疲れとかあるでしょうし

《音井》バスの中で寝るから平気ー。それよりバスから家まで荷物運ぶの手伝ってくれー
《AKI》荷物持ち要員ですか……まあ、やりますけど。お世話になってますし
《音井》よろー
《AKI》何時に駅に行けばいいですか？
《音井》んー。朝4時くらい？
《AKI》鬼ですか

＊

……というLIMEのやり取りがあったのは昨日、社長襲撃の日の夜だった。

そこからあわてて早めにベッドに入り、睡眠時間を調整。

早朝、まだ日も昇りきってない、朝のラジオ体操が始まるよりもさらに早い時間帯に目を覚ます。

さすがにこの時間はまだ彩羽《いろは》も起動しておらず、寝起きの俺《おれ》にウザ絡《がら》み！　といった展開はなかったので、安心してジャージに着替え軽くストレッチ。

ジョギングの準備はこれで万端。

今から人と会うのに何故《なぜ》にジョギング？　と思われるかもしれないが、日課の体力づくりを

して、その足でそのまま音井《おとい》さんを迎えに行ってしまおうっていう極《きわ》めて効率的な一手だ。

早朝のジョギングは夏休みに入ってから週に三日くらいはやっていた。

音井さんとの会話に時間を使うことを計算したら、ついでに走っておくぐらいじゃないと、とても賄えないからな……。

ちなみに女の子と会うのにジャージで、汗を流した状態で行くとか正気か？　という疑問もあるかもしれないがそこは安心してほしい。あの人、俺の服装とかまるで興味ないから。中学の頃、致し方ない事情でコスプレ姿で会わなきゃいけなかったときも、完全に無反応だったし。

何なら全裸でも気にされないと思う。……いや、それはさすがに言い過ぎか。

マンションを出ると空は群青と黄色の間みたいな色をしていた。

空気は生温《なまぬる》さを残しながらも肌に適度な涼しさの風が吹きつけているせいか不快感はない。

夏に運動するならこれぐらい思い切った時間に始めるのがちょうどいいのかなぁ、なんて思いながら、ほっほっ、と、一定のリズムを刻んで走り出した。

しかし避暑地への旅行から帰ってくる同級生の女子をこんな時間に迎えに行くとか……。

以前は意識しなかったが、なかなかに誤解を招く関係だよな、これ。

いやまあ俺と音井さんに限って、何らかの物語めいたフラグが立つなんてあり得ないんだが。

一応、月ノ森《つきのもり》社長による監視の目がないか警戒しながら行くとしよう。

十分ちょっとで駅に着く。

地方都市ぐらいの栄え方をしているこの街だが、始発電車の出てないこの時間は人気がまったくない。だから砂漠の中でオアシスを探すのが簡単なように、数分前に「ついたー」と気の抜けたメッセージを送ってきた音井さんの姿も、すぐに見つかった。

「お待たせしました」

「んー？　……おー、おひさー」

特大のキャリーケースにお尻《しり》を載せてぼーっと虚空《こくう》を見つめていた音井さんは、俺に気づくと、気だるそうにふらふら手を振った。

「お久しぶりです……って、なんですか、その服装？」

「変なとこあるかー？」

「変なとこっていうか……季節感ゼロっていうか」

「あー、これなー」

音井さんが胸元《むなもと》を引っ張りながら言う。ラフな半袖《はんそで》と合わせるにはあまりにも不釣り合いなストール。早朝とはいえ夏真っ盛りな今、防寒具を羽織《はお》っているのも異常なんだが、そのくせ何故か服のボタンを多く開け、大胆に胸元を開放しているからワケがわからない。

暑いのか寒いのかハッキリしてほしい。

相変わらず何ともアンバランスっていうか、テキトーっていうか、雑っていうか。

「旅行先が結構寒くてなー」

「この季節でもそこそこ寒いって、どこに行ってたんですか」

「恐山《おそれざん》」

「なんで最近俺の周りでホラーっぽい要素多いんですか」

影石《かげいし》村の演出とかもそうだったし。今が夏の季節だからって、ちょっと安直すぎやしないか。

恐山といえば、青森《あおもり》にある、ガチで霊験あらたかなアレだよな。

三途《さんず》の川って名前の川が本当に実在するとかしないとか……作曲の感性を磨くために避暑地に行くって話だったはずなのになぜそんな場所に……というか、避暑地？　いや確かに涼しいかもしれんが、一般的な避暑スポットじゃないし、そこで磨かれるのは霊感だけだろ……。

すると音井さんはポケットから取り出した棒つきのアメ——チュパドロの包装紙を剝《む》き、口にちゅぽっと突っ込みながらすこしだけ考えるように斜め70度くらいを見つめて——……。

「『黒山羊《くろやぎ》』がホラーだから？」

——至極それっぽい仮説を口にした。

「ス●ンド使いは引かれ合うって言うしなー。ホラーゲームを作ってたチームが次々と不幸にってことも、よくあるらしいー」

「嫌なこと言わんでください……」

まあ迷信なのはわかってるけど。べつに、怖いわけじゃないけど。とりあえず近所の神社でお守りを十個ぐらい買い増しておこうと胸に誓った。

「しかしいくら恐山が寒かったからって、ストールまいたまま地元に戻ってきます?」

「一度身につけたら外すのめんどくてなー」

「さすがセンスゼロ。ファッション意識ゼロの低燃費ナマケモノ体質」

「そのたとえおもしろいなー。うけるー」

無頓着《とんちゃく》。平然。すなわち音井さんの通常営業。

予想通り、音井さんは俺のジャージ姿を特に気にしていなかった。それは彼女が、俺の服装に特に興味がないからなんだけど、もう一個補足情報があるので付け加えておく。

この人、自分の服装にもあまり興味がないんだよなぁ……。

「まあ幸い今は人気のない時間ですし、悪目立ちはせずに済みそうですすけど」

「おけー。とりあえず牛丼屋にでも入るかー」

「……あ、ファミレスとかカラオケじゃないんですね」

二十四時間やってる店の候補にはその辺も含まれると思ってそう言ったのだが、音井さんは微妙に渋い顔をした。あ、この渋い顔ってのは俺視点だ。たぶん一般的には無表情って定義に含まれる程度の表情変化しかしてないんだが、長い付き合いなので察したのである。

「カラオケは雑音がひどくてなー。特に深夜の酔っ払いの熱唱とか普通に聞きたくないわー」

「あー。そういう奴《やつ》らに限って、いきなり他人の部屋に突撃してきたりするんですよね」

「中学の頃、あったよなー」

「あー……あれは俺らにとっても黒歴史ですけどね……」

「不良生徒だったもんなー」

「や、そこまででも……うん、まあ、深夜のカラオケに中学生だけで入ってたら、不良か」

「事情はあるから情状酌量《じょうじょうしゃくりょう》ありそうだけどなー。まー昔話してもしゃーなし」

　その通り。過去を振り返るなど非効率の極みだ。

　現在に過去のシリアスを持ち込まないという俺と交わした約束を律儀に守って、音井さんは話を打ち切る。それに乗って、俺も気になったことを訊いた。

「カラオケはわかりました。でも、ファミレスは？　スイーツもあるのに」

「この辺のファミレスで食べられるやつは大体食べたからなー。ふつーに飽きたかなー」

「なんて贅沢《ぜいたく》な舌だ……」

「それに、青森で結構よさげなモノ調達してきてなー。スイーツは帰ったらこれ食べればいいし、とりあえず牛丼でお腹《なか》いっぱいになればいいかなー」

「新規開拓に余念がないですね……。まあでも了解。そういうことなら牛丼屋に行きましょう。荷物、持ちますよ」

「助かるー」

「……うお、これ全部か。骨が折れるな……」

間延びした声で礼を言いながら、ちょいちょいと指をさした地面。

そこに雑な感じで置かれていたのは、いかにも観光帰りですといった顔で鎮座する手提《てさ》げの紙袋の山だった。

「悪いなー。まー報酬もあるからーそれでよろしく頼むー」

「報酬……って？」

お土産でももらえるんだろうか？

そんな軽い気持ちで投げ返した俺の会話のボールは、とんでもない弾力で跳ね返ってきた。

「ウチの『たわわ』をおすそ分けしてやるよー」

「……は？」

文字通り、めっちゃ弾力っぽい単語が返ってきた。

何かいま太字の情報で変なワードが交ざったような……たわわ？　たわわ……。

視線が自然と一ヶ所に吸い寄せられていく。どこへ、って情報はなくてもわかるよな？

その単語を聞かされてから音井さんの薄手の服装を再認識すると、だらしない着方をしてるせいでかなり甘い胸元とか、微妙に透けて見えてしまう下着の色とか、まあ何ていうか全体的にデカ過ぎんだろ……と嘆息したくなるそれらが途端に気になってきてしまう。

「『たわわ』のおすそ分けとは、いったい……」

「『たわわ』は『たわわ』だぞー。それ以上でも以下でもないなー。早速食べるかー?」

「ここで⁉」

「あー、両手ふさがってるか。まーいいや。ウチが食べさせてやるよー」

「まさかのそっち攻め⁉」

　ぐいぐいと、無防備に、距離はどこへ消えた？　って勢いで音井さんが体を寄せてくる。

　しかも『たわわ』に視線誘導されたのがつい数秒前のこと。派手な大技振られた直後に華麗なシールドブレイク技からのスマッシュを叩《たた》き込《こ》まれたら、一発で撃墜不可避に決まってる。

　天地堂《てんちどう》が世界に誇る超人気対戦ゲームで見事してやられた光景を脳裏《のうり》に浮かべながらも、俺はせめて鋼《はがね》の精神を保つためにも目を瞑《つむ》り、距離を取ろうとする。間合い管理。今の俺には、間合い管理が必要だ。

「あんまり逃げるなー。動かれると、咥《くわ》えさせられないだろー」

「ま、待て。咥えるって、何を。音井さん、さっきから何か、おかし――」

　おかしい、と言いかけたそのとき。

　何かが、唇の隙間《すきま》から強引《ごういん》に押し込まれた。

　ふんわりと柔らかくて、ところによりほんのりと硬い部分もあって。舌の上でとろりと溶ける舌触り、甘くて、すこしだけ酸っぱさもあるそれは、まるで果実のようで――……。

「そー、お菓子ー。正確には和菓子だけどなー」

「……旨《うま》い」

まるでじゃなくて、そのまんま果実の味だった。

目を開けると、そこにあったのは相も変わらず無表情～な音井さんの顔と、白くて繊細な指にちょこんとつまれた、半分にかじられた痕《あと》のあるお菓子。

バターが効《き》いたパイ生地の隙間にアップルグラッセを挟んだ、和風アップルパイ。

「だろー？　青森のお土産で有名らしいぞー」

「へえ……って、これが『たわわ』？」

「ん、そだけど？　ここに書いてあるー」

お菓子を包装するビニール。シンプルかつオシャレな達筆さで、たわわ、と書かれている。

「商品名だったのか……」

「何だと思ってたんだー？」

「い、いや、べつに」

答えられるわけがない。まさか音井さんのたわわに実ったたわわを口の中に突っ込まれたのではと一瞬でも考えてしまったなどと。……まあ言っても「へーアキは面白《おもしろ》いこと言うなー」くらいにサラっと流されそうだけど。

しかしまあ、いくら距離感おかしい系女子とはいえ、さすがにイート・イン・たわわはないよなぁ。何考えてるんだ、俺は。

「アキはたまによくわかんないこと言うよなー。……あむ」

「……ッ⁉」

顔色ひとつ変えることなく、日常会話の延長でさりげなく音井さんがしてみせたその行動に俺は絶句した。

半分俺がかじった後の『たわわ』を、躊躇《ちゅうちょ》なく自分の口に放り込んだ……だと……？

——前言撤回。やっぱり音井さんの距離感はガチヤバい。

イート・イン・たわわを警戒するぐらいがちょうどいい心構えなのだと懸念《けねん》を確信に変えて、俺は防御を固める決意をするのだった。

＊

牛丼屋に移動した俺と音井さんは四人掛けのテーブル席を贅沢に占拠した。

早朝、客の姿が他に皆無だからこそできる傍若無人《ぼうじゃくぶじん》。

そこで牛丼並盛だけを注文し、俺は本題を切り出した。

「——彩羽に、同い年の親友を作りたいと思うんだ」

です、じゃなくて、だ。

それは、いつもお世話になってる頼れる外部スタッフじゃなくて、一緒に彩羽を見守ってきた中学の頃からの友人として話したいと思ったからこその口調。

「友達なら多いと思うけどなー、小日向《こひなた》」

「それは優等生モードのあいつにできた友達だろ。そうじゃなくて、俺に対してするような、ウザ絡《がら》みできるような親友を作りたいんだ」

「とうとう耐え切れなくなって、ウザ絡みの矛先を逸《そ》らしたくなったのかー？」

「や、むしろ逆」

ほーん、と興味なさそうな顔に興味ありげなニュアンスを含めて目をしばたたく……矛盾してそうな表現だが、音井さんに限っては本当にそんな感じなんだから仕方ない。

俺は海旅行のときに感じた燃え滾《たぎ》る灼熱《しゃくねつ》のパッションに身を任せ、ＵＳＡ万歳《ばんざい》映画のラストにおける大統領の演説ばりに強くこぶしを握り締めた。

「気づいちまったんだ」

「ほー」

「あのウザさも、いや、あのウザさが。ウザいからこそ、魅力的である……と！」

「牛丼うまー」

「聞いてくれよぅ」

「聞いてるぞー。うまうま」

いつの間にか運ばれてきていたらしい牛丼並盛をマイペースに掻《か》っ込んでいる。

「……というか、甘いもの以外も旨そうに食べるんだな」

「健康に気を遣ってるからなー」

「牛丼で……健康……？」

「たんぱく質とかー。あと目に見えない栄養を摂取できてる気がしてなー」

プラシーボ100％だよそれ。

半分ぐらい食べたところで一度飽きたのか、ピタリと箸《はし》を止めて音井さんはお冷をひと口飲んでから。

「んで、ウチはなんでそのノロケを聞かされなきゃならんのだー？」

「ノロケじゃなくてさ。プロデュース視点の話でさ」

今までは彩羽のウザさは欠点だと思っていた。

黙っていれば清楚《せいそ》で可愛《かわい》い人気者。あのウザい本性を見せたら学校で彩羽を好きな男子どもも幻滅するに違いない。そう、思っていた。

だからあれは彩羽なりの処世術ってことで、特に否定《ひてい》する気もなかったし、自由に清楚面《づら》をしてていいんじゃないかと放置してきたんだが――……。

「――魅力に気づいたら、広めたくなった。べつに大勢に認知される必要はないが、あいつがもし外では仮面を被《かぶ》らざるを得ないだけなんだとしたら、ひとりでも、そうしなくていい相手ができたらいいな……と」

「なるほどなー。それでウチに相談かー」

「そういうこと。彩羽の共同プロデューサーのよしみで、一緒に作戦を考えてくれ」

「そんな変な役職に就任した覚えはないんだけどなー。まーいいや。協力してやるよー」

「おお、助かる！」

「ウチもちょうど、ウチらが卒業した後のことを考えてたからなー。『いつまでも、あると思うな音井さん』ってことわざもあるしー」

当然、そんなものはなかった。

「でも、音井さんも考えてたんだな。なんでまた、そんな先のことを？」

「三途の川を見てたら、ふと人生の終わりを想像してなー」

「恐山効果かよ」

普段から落ち着いていて同年代の中でも特に大人びた女子だと思っていたが、その発想は、大人びてるを通り越して高齢者だ。

まあ、作曲の感性を磨くのが旅の目的だったんだとしたら、センシティブな感情に浸れたのは正解……なのか？

「小日向の親友づくりかー。問題は、あいつ自身がべつに望んでなさそうなことだよなー」

「現状は、俺の自己満足でしかないからな……」

「でもそれは、ウチらや月ノ森、《5階同盟》の居心地がいいから自覚できてないだけだろうし。いなくなってから寂《さび》しい想《おも》いをするなら、あらかじめ友達を作っておいてくれた方がウチも安心して未来の世界に帰れるなー」

「自然な会話の流れで突然SF設定ぶちこまないでくれ、音えもん」

「やっぱアキはこういうのすぐ拾えるのがポイント高いなー。まーどうでもいいけど」

0点も100点も平等に興味なしなのが音井さんだった。

人間関係の構築のしやすさという意味では、これほど効率的な人は他にいない。

「とりま、小日向のクラスの人間関係を探るのがいいんじゃないか？」

「彩羽の？」

「そ。ウチらじゃなくて、学校のさ」

「あー……そういえば、教室で人気者っていう、ざっくりした情報しか知らなかったな」

具体的にどんな子達と仲良くしてるのか。

なんて名前の女子と会話して、なんて名前の男子に告白されて、なんて名前のクラスメイトに遊びに誘われてるのか。よく考えたら教室での彩羽のことを俺は何も知らなかった。

いやまあただマンションの隣に住んでるだけの兄貴の友達でしかない俺が、そこまで詳細にプライベートを知り尽くしてる方があり得ないけど。

「『将を射んと欲すればめんどいから馬ごと射よ』ってこともあるしなー」

惜しいけど、やっぱりそんなものはなかった。

めんどいから突っ込まないけど。

「クラスの人間関係か……そういやクラスのグループLIMEとかいうので、夏祭りに誘われてたな、彩羽の奴」

「へー」

「…………」

無関心そうな顔で牛丼の残りを箸《はし》でつついてる音井さんを、じっと見つめる。

そして俺はぼそりと訊いた。

「音井さんは、クラスのグループLIMEとか……入ってたり……？」

「んや。そーゆーのめんどくさくてなー。クラスメイトにはスマホ持ってないってことにしてあるー」

「さすが音井さんだ！　同志よ！」

「普通に意味わからんー」

クラスLIMEに疎《うと》い事実をさんざん彩羽に馬鹿《ばか》にされた俺は、仲間の存在に感涙した。

——ほれ見ろ彩羽。俺だけが取り残されてるわけじゃないぞ。

何の免罪符にもなっていないことを自覚しながらもそこに救いを見出してしまうのは、人という種族の弱さなのだった。

それはさておき。

「でまあ、こっからがある意味本題なんだけど。収録の後、彩羽がどうにかクラスメイト達と夏祭りに行くように説得できないかと」

「なかなか難しいこと言うなー。どうせ小日向のことだから、アキと行くーって言ってるんだろー?」

「正確には俺と音井さんと、な」

「あの子の素直な気持ちだろうしなー、それ。他の奴と行けってのは可哀想《かわいそう》じゃないかー?」

「まあな。……ただ、一緒に行くわけにいかない理由ができたのもあってさ」

「んー?」

割り箸を口に咥えたまま気のない感じで首をかしげる音井さんに事情を説明する。

月ノ森社長に釘《くぎ》を刺されたこと。《5階同盟》の就職優遇と引き換えに真白《ましろ》とニセ恋人関係を演じなければならず、もし本当に恋人関係になったり、他の女の子と付き合ったりしたら、あるいは、そうと誤解されるような行動を取ったりしたら、契約が破棄されてしまうこと。

全部の説明を聞き終えた音井さんは、なるほどなー、と相変わらずぽーっとしたような声で相槌《あいづち》を打ってから、ふと気づいたように言った。

「なあアキ、それならコレはいいのかー?」

「コレ……とは?」

「ウチも一応女だけど。二人きりで牛丼デート」

「さすがにまだ日も昇ってないレベルの早朝まで監視の目はないはずなんで」

「まあウチの場合、その社長に羨《うらや》ましがられるような美少女でもないしなー」

「……そんなことはないような？」

「あるだろー。髪もぼっさーだし、服もテキトーだし」

確かにオシャレに対して無頓着な音井さんはお世辞にも教室の『陽《よう》』側の人間には見えない。でも逆に言えばそのテキトーさでそのレベルの美貌《びぼう》なら、素質は飛び抜けているのではなかろうか。

「同じ『陰《いん》』側の人間でも、月ノ森みたいにオシャレさんだとイイ感じなんだろうけどなー」

「ああ……やっぱり、真白って結構オシャレなんだ。音井さんから見ても」

「そりゃーもう。高校生でイヤリングつけてる時点でなかなかだろー」

「たしかに！」

ピアスじゃなくてイヤリングなあたり、耳に穴を開ける勇気まではなかったんだろうなーと、地味な真白らしさを感じてしまうが。

「髪型の整え方、化粧の仕方。どれ取っても、アキの周りの中で一番オシャレだ」

「どちらかというと俺達側っていうか、学校ではほとんど誰《だれ》とも会話しないし、休日は家に引きこもりがちな陰サイドなんだけどな……」

「だからこそ、ってやつじゃん？」

「……その心は？」

「武装、みたいな。あそこまでガチガチに武装を固めてようやく外に出られるレベルの引っ込み思案だから、一周回ってオシャレさん。的な」

「なるほど、そういうのもあるのか」

女子って生き物は難しいな。安直な想像の、斜め上の理念で行動してたりする。だって、オズに人間のコミュニケーションを教えるのが難しいわけだ。だって、俺自身も習得できてないんだから。

「まーそんなわけで、ウチみたいに色気ないのと一緒にいても、誤解の余地ないと思うよ」

「そこは納得しかねるけど……こだわっても仕方ないし、とりあえず流しておく」

「おっけー」

「──でまあ話を戻すと、彩羽と夏祭りに行って社長の監視網に引っかかったら全部台無しなんだ。そして、彩羽のウザさの魅力を理解してくれる、あいつの親友を作りたい。この二つの問題を同時に解決するには……」

「小日向には、クラスメイト達と夏祭りに行ってもらいたいってことかー。んで、どうしたらその方向に誘導できるかわからない、と」

「そういうこと。ただ、あいつの気持ちもあるんで。ハブいたり拒絶してるわけじゃないんだってのがちゃんと伝わるようにしながら、どうやったら彩羽を納得させられるか……一人じゃ答え出ないんで、意見が欲しくて」

「なるほどなー」

空っぽになってる丼《どんぶり》の底を箸先でカラコロと引《ひ》っ掻《か》きながら、音井さんは眠そうな目で考える。そして体感時間十分後くらいの数秒後にこう言った。

「尾行したらどうだー？」

「またずいぶんぶっ飛んだ方向に行ったな」

「んやー、何はともあれ小日向のクラスの交友関係を見ないことには始まらないだろー。実はクラスメイト達が嫌いだったーとかあるかもしれんしー。お節介の結果に、小日向が望まないことを強要するのは、アキの本意じゃないだろー？」

「まあ、そりゃあな。でもなぁ……」

あくまでも彩羽にとってより良い環境になればというのが大前提だ。

ただでさえお節介なのに、間違ってあいつを不幸にしたら目も当てられん。

とはいえ――……。

「……ストーキングは普通にまずい気がするんだよなぁ」

「親心で見守るぐらいなら大丈夫だろー。小日向も普段、不法侵入しまくりなんだし、すこしのズルくらいはお互い様なんじゃないか？」

「そう言われるとそんな気がしてきた。……って、いやいや」

鋼の意志で首を振る。

親しき中にも礼儀あり、だ。

「律儀な奴だなー。まーウチから言えるのはそんだけだー。あとはアキが好きにやればいいと思うぞー」

「了解。……ありがとな、相談乗ってくれて」

「おっけーおっけー。荷物持ちもしてもらうしなー」

「チッ。しっかり覚えてたか」

ぼーっとしてても、等価交換の取引は忘れない音井さんだった。

その後、俺は音井さんの家まで山盛りの旅行荷物を運んで、お土産の『たわわ』を頂戴《ちょうだい》して帰路についた。

マンションに着く頃には完全に日は昇り、時刻を見たら午前7時。

学校が始まってたら彩羽に突撃される時間帯だなーなんて思いながらエレベーターを上がり、自宅のドアを開けたときの俺はまさかおよそ100秒後にこう言われるとは予想だにしなかった。

「センパイに……私をストーキングする権利をあげちゃいますっ！」

100分後に社会的に死ぬ俺のフラグが立った瞬間だった。

＊

『脈絡なさすぎるんだけど大事なトコ飛ばしてない？』
『あまりにも衝撃的で記憶力が怪しくてな……大丈夫、次で補足する予定だから……』

003

Tomodachi no imouto ga ore nidake u

第3話　友達の妹に俺だけがストーカー

起きたことをすこしばかり丁寧に語るとしよう。

マンションに帰ってきた俺《おれ》を待ち受けていたのは鼓膜《こまく》を蹂躙《じゅうりん》してくる大声だった。

「あ――ッ!!　センパイいた――ッ!!　朝帰りとかどういうことですか⁉」

声だけで個人特定余裕だが、小日向彩羽《こひなたいろは》だ。

見慣れた学校の制服姿の彩羽がぷんすかと頰《ほお》をふくらませていた。

俺の留守中に当然の顔で上がり込んでいることには最早ツッコミを入れる気も起きなかった。

「早朝からうるさい。ご近所迷惑だぞ」

「ご近所イコール私んちと真白《ましろ》先輩んちと菫《すみれ》ちゃん先生んちだから大丈夫！」

「じゃねえよ。知った仲でも迷惑なもんは迷惑だ。……特に真白は眠りを邪魔したら怖いぞ。以前教室で居眠りしてるのを目撃したことがあるんだが、あのときは本当にヤバかった」

寝不足で機嫌の悪かった真白の眼光を思い出すと、それだけでぞっとする。

あと下の階の人のこともたまには気にしてやってくれ。

「話を逸らさないでくださいよぅ。朝帰り……って、あれ、その紙袋は……？」

「音井《おとい》さんからのお土産」

「えっ」

驚いた顔の彩羽に紙袋を押しつけて、靴を脱いで部屋に上がる。

「音井さんと会ってたんですか」

「まあな」

「えっ。えっ。二人はそういう？　……たしかにあの人、愛人オーラ漂ってますけど」

「妙な妄想すんな。収録日程の話をするついでに、旅の荷物を運ぶのを手伝っただけだよ」

「あー。パシられてたんですね。——あはっ☆　まあセンパイに限ってそーゆー浮いた話はないと思ってましたけど！　永世童貞九段ですもんね！」

「またヘンテコな称号を……ったく。勝手に言ってろ」

彩羽の親友作戦の相談をしたことは伏せておいた。

……嘘《うそ》はついてないし、いいだろう。うん。

というかそれよりもう一個ツッコミどころがあったので律儀に言及しておくことにする。

「てかお前、なんで制服なんだ？」

「あ！　そうそうそれですよ。その件で来たのにセンパイ不在なもんだから、ハシゴ外され感マックス珈琲でした！」

登校日でもないのに、という俺の疑問に対し、ＪＫ特有の謎《なぞ》造語を巧みに使った彩羽はすかさずこう応《こた》えた。

「センパイに……私をストーキングする権利をあげちゃいますっ！」

…………………。

……ん？

ああいや、何かの聞き間違いか。そうだよな、あまりにも支離滅裂で意味不明だもんな。

「さて、朝飯はどうするかなぁ……」

「ちょっとスルースキル高すぎぃ！　何ナチュラルに日常に戻ろうとしてるんですか！」

「人間には正常性バイアスってものがあるんだよ」

「ほっほーう！　私からストーキングを許可されただけでそんなモノが発動しちゃうんですね、センパイは！　つまり彩羽ちゃんの可愛《かわい》さは、社会心理学的見地からも明らかだ、と！」

「朝からテンション高すぎるだろ……。あと、制服姿の答えになってないぞ」

「おっとそうでした。実は今日、学校に行かなきゃなんですよ」

「全校生徒の登校日ってわけでもないし、部活もやってないよな。彩羽の成績なら補習もあり得ないし」

「文化祭の準備があるんですよー。当番制なんですけど、前半は海旅行でサボらせてもらったんで、後半はどうしても行かなくちゃいけなくて。いや〜優等生はツラいですね☆」

「あー、夏休み明けたらすぐ文化祭だもんな。出し物の内容によっては、夏休みのうちから準備しないと間に合わないか」

「センパイはそういうのないんです？」

「ない。パリピ達が貴重な時間を投資して何にも繋《つな》がらない一時の楽しみを回収するだけの、非生産的な行事に協力するほど暇じゃないからな」

「ええ……青春拒否性能高すぎません？」

「……まあ実際のところ、特に意見を求められることなく、他の奴《やつ》らだけで話が進んでいっただけなんだが」

自分からサボりたいとアピールしたわけじゃないのに役割を押しつけられずに済んだ。俺のように空気の如《ごと》き存在感ならば、こんな特典があるわけだ。……まさに、効率的。

真白の恋人宣言で一時的に注目を集めたこともあったが、気づけばその話題も風化し、元の空気生活に戻っていたあたり何か妙な力場が働いてるよな、これ。

まあ、空気じゃニセ恋人として真白の盾になれてるのか怪しいもんだし、そういう意味でも月ノ森《つきのもり》社長の懸念《けねん》はごもっともだったのかもしれない。

「で、結局センパイのクラスは何をやることになったんですか？」

「筋肉喫茶《きっさ》」

「え。何ですかそのめっさムサ苦しいカフェ」

「全座席にトレーニング機器を設置し、特製プロテイン珈琲を出すらしい」

「ちょ。意外と本格派なのジワるんですけど。……なんでそんなことになったんですか」

「クラスでも最上位の陽《よう》キャ野郎が最近筋トレにハマったみたいでさ。気づいたらトレーニーが増えて、強行採決できる程度には勢力を拡大してるらしい」

だいぶ昔に菫の好みのタイプはマッチョが好きな男だ、と吹き込んだクラスメイトだ。もし俺の人生を本にしたら数行登場しただけでほぼ描かれないぐらいの関係性なので顔もよく覚えていないが、マッチョを好きになろうとジムに通い、自らも体を鍛えるうちに影石《かげいし》先生にモテたい！　という当初の目的を完全に忘れ筋肉の鍛錬に取り憑《つ》かれた悲しき男でもある。

健康的な肉体を獲得できて幸せそうだし、結果オーライ……だよな？

「ふあー、世の中にはいろんな趣味があるんですねえ。うちのクラスもマニアックかもーって思ってたんですけど、まだまだ可愛いモンでした」

「お。彩羽んトコは何やるんだ？」

「メイドカフェですよー。もーえ、もーえ、きゅーん☆」

「お、おう」

地味に古くないか、それ。……いや、現代メイドカフェ事情をまったく知らんので、今も昔も変わらぬ味を提供し続けてるのかもしれないけど。

「清楚《せいそ》な英国メイドがお出迎え、っていうのがコンセプト！　衣装もちゃんと本格的な、本物と同じ上質な生地を使ったメイド服を用意します！」

「服は本物でも清楚が偽物《にせもの》なんだが、それはいいのか？」

「余裕ですよう。ニセも演じきればすなわち真実！　イメージするのは常に最強の清楚！」

「まあ実際、演じてるうちに本当に……ってのはあり得る話かもしれんが」

かの有名なスタンフォード監獄実験で検証されたように、置かれた状況や演じている役割によって人間の行動は変わるとも言われている。演じているうちに、本物のようになっていってしまうという恐ろしい現象だ。

とはいえコイツがガチ清楚に染まりきるか？　と訊かれると、俺の視点からはＮＯと言わざるを得ないんだが……。

俺が卒業後、もし交流が減ったりしたら、どうなるかはわからない。

彩羽のウザさと可愛さのマリアージュ、その魅力を後の世に保存するためにも、やはりウザさをさらけ出せる親友の獲得は彩羽のウザプロデューサーである俺の急務であり――……。

いや、まあ、うん。それはともかく。

「……で？　そのメイドカフェの準備と、ストーキングする権利がどう関係するんだ？　全然繋がらないんだが」

「それな！」

ビシィ！　俺の鼻先に指を突きつける彩羽。

――う、ウゼぇ……。

「やーほら、私が登校しなきゃいけないのにセンパイだけ部屋でまったりしてるとか癪《しゃく》じゃないですか？　私が汗水たらして働いてるのに、クーラーの効いた涼しい部屋で漫画読んでるとか、正直どうかと思うんですよ」

「それ通常営業のお前じゃねえか。人が働いてる後ろで、毎日、毎日……」

「なーのーでー。頭の固い教育委員会のせいでロクに空調設備も整ってない教室で暑い想《おも》いをする素敵体験を、センパイと一緒にと思いまして！　さすがに作業を手伝わせるほど彩羽さんも鬼じゃないんで、特別にストーキングする権利をあげようかと！」

「謎理論すぎる……とはいえ、まあ……」

渡りに船、ではあるな。

音井さんから、彩羽の交友関係を探るために尾行したらどうか、と言われてるし。

さすがにそれはどうよと思っていたが、本人の許可があるならべつにいいんじゃないか？　と思えなくもないわけで。

「――アリだな」

「えっ」

「お前がクラスでどんなふうにしてるのか、意外と見る機会もなかったしな。そ、そういうところから声優としてのプロデュース方針が見えてくることもあるかもしれん。うん」

「ふぅ――――ん？」

「なんだよ」

無理矢理自分を納得させようとする俺に対し、彩羽は意味深な眼差《まなざ》しを向けてくる。

ニヤニヤと、絶妙にイラッとさせる口のゆるみは一周回って芸術的でさえあった。

「しっかたないなー！　そんなに彩羽ちゃんと過ごす時間が恋しいかー！」

「ぐ……!?」

「やーそうですよね。夏休み中はほぼ毎日一緒ですもんね。急に一日会えない日ができたら、ロス感じちゃいますよね！　彩羽ちゃんロスには耐えられませんよねわかります！」

「調子に乗るなアホ！　そういうのじゃないっての！」

「ムキになるなんて怪しいなぁ〜。むふふ♪」

「――め、飯だ飯！　お前も荷物取ってこい。腹ごしらえして学校行くぞ！」

「かしこまりました、ご主人様♪」

スカートの裾《すそ》をつまみ、話題にかこつけた雑なメイド口調で一礼した彩羽がぱたぱたと足音を立てて部屋を出て行く。

その背中を見送り深くため息をついた俺は、ストーキングって具体的に何すりゃいいんだ、と首をひねりながら台所へ向かうのだった。

＊

休日の学校は独特の雰囲気があった。

普段は溢《あふ》れ返らんばかりの生徒達の喧《やかま》しい声で満ちている構内は、しんとしていて、けたたましい蟬《せみ》の鳴き声と太陽から光を注《そそ》がれ熱されたアスファルトが奇妙な雰囲気を演出していた。まるで予算が少なくてＮＰＣを豊富に出せないことを逆手に取り、リアルな田舎町《いなかまち》の再現に特化した３Ｄゲームのようだ。

文化祭の準備に来ている生徒の姿がぽつりぽつりと散見され、校門には『金輪祭《こんりんさい》』と書かれた作りかけの看板が立てかけられている。『金輪祭』とは俺達の通う学校の文化祭の名称だが、高校名とは一切《いっさい》関係なく、最初に文化祭を始めた人間の「こんな大変な行事はもう二度とやりたくない」というメッセージが読み取れる。……知らんけど。

ところで俺は自分の通う高校に特に興味がなかったものだから、取り立てて高校名を頭の中で思い浮かべたことがなかったが、ここは香西《こうざい》高校——この辺りの地区では上位の進学校だ。

そんな物静かなくせにすこし浮かれ気味でもある、ハイになってるときの陰キャ（俺とか）じみた学校の校門に、俺と彩羽は並んで入る……ことはなかった。

というか、そもそもここまでの道のりも、二人並んで歩いたりはしておらず。

《彩羽》あの、いいかげんにこれやめません？　一緒に通ってる意味ゼロなんですけど！
《ＡＫＩ》こら、後ろを振り向くんじゃない。そのままキリキリ進め
《彩羽》そのストーカー状態でよく偉そうなこと言えますね!?

そう。俺達は登校するまでの間、十メートル以上の距離を空けて、歩いていた。

彩羽が前を行き、俺が後ろを歩く。

会話は基本ＬＩＭＥでやる。

なんでそんなワケわかんない歩き方をしなきゃなんですか!?　と至極真っ当なツッコミを入れてきた彩羽に対しての俺の回答はこうだ。


『女の子とストーカーが並んで歩くわけないだろ』


はい、論破。

ストーカーをやるなら徹底的に、である。

……いやまあ本当は月ノ森社長の目がどこにあるかわからないから、彩羽と二人きりで外を歩くのは今の時期はなるべくやめておこうと思ったのが一番大きいのだが。

《彩羽》もう！　これじゃ夏休みのドキドキ登校体験ができないじゃないですかぁ！
《ＡＫＩ》んなもんいらんて。ほら、はよ昇降口入れ
《彩羽》むむう。センパイのいじわるー。ばーかばーか！

昇降口の前でじたばたしてる彩羽の姿が遠目に見える。……あいつ今、あっかんべ、をしやがったな？

《ＡＫＩ》ほら、もうすぐ約束の9時だろ。優等生が遅刻していいのか？
《彩羽》くっ。私の清楚に付け込んだ脅しとか最低ですよ！
《ＡＫＩ》図書室でストーキングしながら仕事してるから、また後でな
《彩羽》むむー。……はーい

不満はまったく解消できていないものの、彩羽はわりと素直に昇降口の中に消えていった。

さて……と、俺は後から昇降口に入り、上履《うわば》きに履《は》き替え図書室へ向かう。

うちの学校は夏休み中も図書室を開放している。図書室には窓際にカウンター席のような所があり、ここに座っていると、正面の窓から、反対側の教室棟の様子がよく見える。

ちなみに一年生の教室があるのは図書室と同じ三階……つまり彩羽をストーキングするのに

最適な場所なのだった。

夏休みに読書のためだけに図書室登校するような殊勝な生徒はいないらしく、人気はまったくない。いるのは顔も名前も知らぬ図書委員の女子がひとりだけ。軽く会釈《えしゃく》して入ってきた俺をやや不審げに見つめていた。

一瞬、月ノ森社長が寄こしたスパイじゃないだろうな？　と疑惑がむくりと首をもたげたが、すぐに首を振ってその可能性を捨てる。

夏休み中の委員会活動の当番日程が決まったのは、当然、夏休みに入るよりも前。月ノ森社長がいつから真白以外の女の存在を疑い始めたのかは知らないが、釘《くぎ》を刺してきたタイミングが夏休み半ばなのだから、普通に考えたら夏休み後の可能性が高い。だとすれば、ここでこの図書委員を疑うのはさすがに警戒しすぎだろう。……怪しい行動をしてきたら、そのとき初めて疑い始めるくらいでちょうどいい。

ノートPCを開き、作業の準備を始める。

今日の目的は彩羽の身辺調査だ……が、ただそれだけでは無駄な空白時間があまりにも多い。それを有効活用するために作業環境が整っていない外出先でもできる仕事を持ってきた。むしろ家で彩羽に邪魔されない分、ここの方が捗《はかど》るかもしれん。

カナリア荘の海合宿で爆誕した新キャラ『黒龍院紅月《こくりゅういんくげつ》』のアップデート告知用の画像を作ろうと、俺は画像編集ソフトを立ち上げた。

漆黒の衣装をまとった、THE中二病！　と呼ぶにふさわしいキャラクター。

だけどその表情はそこはかとなくウザさをまとっていて――……。

「うーむ、かわいい。……あっ」

「………」

紫式部《むらさきしきぶ》先生描き下ろしの告知用画像を見た瞬間、思わず口をついて出た独り言。はっと気づいたときにはもう遅く、振り向くと図書委員が胡散臭《うさんくさ》そうな目でこっちを見ていた。

夏休み中に突然図書室にやってきて、本を読むでもなくノートPCを取り出した上、美少女キャラの画像を眺めて「かわいい」とつぶやいているヤバい奴。完全に不審者である。

ち、違うんだ。俺はただ彩羽をストーキングしないといけないからここにいるのであって、べつに人様の前で開けっ広げに二次元コンテンツを視聴しニヤニヤするタイプのオタクというわけでは……うん、どちらにせよ不審者は不審者だな。知ってる。

せめて無言で作業をしよう。そう思って正面を向き直ると、教室――一年生の特進クラスの教室、そのベランダに彩羽が出てきた。いつものヘッドフォンはつけておらず、彩羽は清楚な雰囲気を漂わせながらも手を振ってくる。

「……ん？」

その手にはスマホが握られている。そして何かを伝えるようにスマホを指さしている。

ふと、ポケットの中で自分のスマホが震えていることに気づいた。

着信……？　彩羽の奴か？

「どうした？」

『センパイがしっかり密着ストーキングできるように、私の教室での生音声を配信しちゃおうと思いまして☆』

「はあ⁉」

『そのままスマホを繋《つな》ぎっぱなしにしておいてくださいね！』

——おいおい、マジで言ってるのかよ。いや、彩羽の交友関係を探るのに都合いいけどさ。

そのとき、クラスメイトらしき女子がふざけた調子で彩羽の肩をちょんとつついた。

『サボんないのー』

『彼氏でも来てるの？』

といった声が、スマホからほんのりと聴こえてきた。

『ちがうよー。ベランダから客引きをしたら、目立つんじゃないかなーって思ってたの』

『なるほどね！　三階にあると立地的に不利だもんねえ』

『うん。でもここに気になる看板をつけて、真下のスペースに視線誘導。そこにこの教室までの地図をプリントしたものを置いておけば、来てもらえる確率上がるんじゃないかな』

『さすが小日向さん、あったま良い～！』

——お前それ今考えただろ。

よくまあそんなそれっぽい嘘をとっさにつけるなぁ。

『センパ……知り合いに、そーゆー宣伝とかを毎日考えてる人がいるから。考え方の癖《くせ》みたいなものが何となく移ってるだけだよー。うまくいくかどうかはやってみないとわかんないし』

『それでも充分凄《すご》いよぉ。勉強だけじゃなくて、そういうことにも気がつくんだもんなぁ』

『ホントホント。小日向さんには敵《かな》わないよねぇ』

『もう、あんまりおだてないでよー。私なんてみんなみたいに部活やってないし、勉強ばっかりに時間使ってるだけだし。文武両道できてる人の方が何倍も尊敬できるよー』

「誰《だれ》だお前は！　……あっ」

俺の前における彩羽とのあまりのギャップに思わず口から飛び出したツッコミ。はっと気づいたときにはもう遅く、振り向くと図書委員が怯《おび》えた目でこっちを見ていた。

向かいのベランダできゃいきゃいはしゃいでいる女子達の会話に対し、ひとりでツッコミを入れてるヤバい奴。アカン。あと1アウトで通報されそう。

——しかし彩羽の奴、クラスメイトには俺のことを『知り合い』ってことにしてるのか。

いやまあ、あいつにとって俺は兄貴の友達だしな？

頼れるセンパイと紹介してほしかったとか、寂《さび》しいとか、そういうことは一切ないけどな？

とはいえ、この校舎と校舎の間の距離が、やけに遠く感じるくらいには——……。

別世界に感じるくらいには、見えない壁の存在を意識せずにはいられなかった。

「……仕事すっか」

今度は小声に成功したらしく、図書委員に睨《にら》まれることはなかった。

それから二時間あまり。仕事をしながら彩羽の文化祭準備での働きぶり、クラスメイトとの交友関係を見ていて、いくつか気づいたことがある。

第一に、滅茶苦茶《めちゃくちゃ》頼られる。

教室の中では数人の女子がメイド衣装を裁縫したり、美術部員らしき生徒が看板を描いてたりしているのだが、彼女達は何か困ったことがあるとすぐ彩羽を頼っていた。

その度にテキパキとアドバイスをしては皆に驚かれ、感心されていた。「ホント、なんでもできるんだね！」と褒められるたびに彩羽は「いやいやどれもほんのすこしかじってるだけで全然極《きわ》められてないし、器用貧乏なだけだよー」と謙遜《けんそん》している。

第二に、わりとお節介。

相談されたときに限らず、彩羽はかなりよく気がつく。困っている生徒がいたら自分から声をかけ、アドバイスをしたり。クラスの輪に馴染《なじ》めていない生徒がいたらごく自然な感じで、会話が発生するように誘導したりしている。

第三に、大人から信用されてる。

担任の女性教師が監視と手伝いのために顔を出して彩羽といろいろ話しているが、大人に対してもしっかりと受け答えをして、同じ目線で会話できている雰囲気だった。教師からも大変信用されているのが表情から明らかだった。

「わかってはいたが……本当に優等生、なんだなぁ」

情報としては知っていた。

だがクラスにおける生の優等生彩羽をこうしてじっくり眺めたのは初めてだった。

あらためて見ていると、何とも感心させられる。……そこはかとなく既視感があるような気がするんだけど、この感覚は何だろうな……。あいつの環境、何かに似てる気がするんだけど。……うーん、気のせいか？

あ、そうだ。もうひとつ。もうひとつだけめっちゃ気になることがあった。

俺がストーキング……もとい、図書室での仕事を始めた一時間後くらい、つまり一時間前くらいから、俺の座る窓際のカウンター席の並びに、別の客が着席していた。

たぶん一年生の女子だ。

茶色の髪の毛先をくるん、とオシャレに巻いた陽キャっぽい見た目の女子で、さっきから本を開くでもなくじーっとただ一点を睨みつけたままブツブツつぶやき続けている。

「小日向彩羽……小日向彩羽……小日向彩羽……今日こそ暴《あば》いてみせる……！」

え。どうしよう。これ。なんていうか、これさ。

公認でストーキングとか俺も俺で大概怪しいし、他人様のことどうこう言えた立場じゃないけどさ。いやそんな俺から見ても何というか、この人さ——……。

本物じゃね？

「あんな子全然カワいくな……や、アタシと同じくらいにはカワ——ワンチャン、アタシよりもカワイイ……のは確かだけど気分的に気に入らない～！」

滅茶苦茶めんどくさい嫉妬《しっと》の仕方してるな、この人。

もしかしたら月ノ森社長の差し向けた（以下略）……いや、それにしては何か様子がおかしいんだよなぁ。

何だコイツ、と思いながら見ていると、白昼堂々ストーカー女子がこちらの視線に気づいた。

「ん？　何アンタ。ストーカー？」

「あんただろ⁉」

思わずストレートに突っ込んだ。

「なっ……」

すると女子は顔面をボッと沸騰させて、きりりと眉《まゆ》を吊《つ》り上《あ》げて。

「失礼な！　アタシのどこがストーカーだっての⁉」

「さっきからずっと彩羽——じゃなかった、あの教室にいる女子のこと凝視してたろ」

ブッ
ブッ‥

「はぁ――ッ？　意味わかんないし！　小日向彩羽のことなんて見てな……み、見てた、けど。ストーカーなんかじゃな……あれ、一般論ではストーカーか……？」

威勢よく否定《ひてい》してみせた直後、台詞《せりふ》が続く毎《ごと》に自信が失われていき最後は自白した。

せめて1ワード分の台詞くらいは感情と主張を一貫させてほしい。ひとつの台詞の中で何度も感情を変化させると表情変化やモーションと合わなくなって、後工程が大変になるんだよ。……いやまあ現実では関係ないんだけどさ。

「てゆーか何アンタ。いきなり気配もなく隣の席に座ってきたりして」

「先にいたのは俺だからな？　後から来たのはあんただからな？」

「はぁ――ッ？　意味わかんない。さっきまでここには誰もいなかったでしょ」

「……あー、そうだよな。最近、忘れかけてたけど、俺って存在感薄いもんな……」

久々に陽キャ特有の無自覚な刃《やいば》を突きつけられ気分が落ちる。

彩羽を除き基本的に陰の者の集まりである《5階同盟》の中にいると相対的にコミュ力があるため忘れがちだが、俺もどちらかというと陰サイドに属する人間なのだった。

「え？　あ、ごめん。そんな傷つけるつもりは……」

「そうだよな……本当のことを言っただけで、悪意なんてないもんな……」

「めんどくさいなーもーっ！」

茶髪の女子は頭を抱えて大声を上げた。

──おっといけない。これじゃまるで俺がボケ役みたいじゃないか。今はこのストーカーの罪を問いただす時だというのに。相手がガチの陽キャだとどうにもペースがつかめない。

「──で、あんたはその小日向彩羽をなんでストーキングしてるんだ？」

「ストーキングとか決めつけないでよ！　く、クラスメイトなんだから、べつにすこしくらい意識してたっていいでしょ⁉」

「クラスメイトならなんでここでサボってるんだよ。クラスの作業を手伝え」

「当・番・制・な・の！　小日向彩羽が休んでた間、ずぅ────っと働いてたんだから！」

「ならあんた今、当番の日じゃないのにわざわざストーキングのために学校に来てるのか？　それで『すこしくらい意識』ってのは無理があるだろ……」

「うっさい！　何よアンタこそ夏休みの図書室でＰＣ開いてノマド気取り⁉　不審者レベルではアタシといい勝負じゃない！」

どうやら自分が不審者である事実は認めているらしい。

というか、さっきからなかなか正直者のストーカーだ。嘘とかつけないタイプなんだろうか。

だとしたら、ますます月ノ森社長が差し向けた刺客って線はなさそうだな……。

「あのクラスの人ってことは、一年か」

「む。何よ先輩面しようっていうの？」

「や、そういうわけじゃないんだが。……ふむ」

俺はまじまじとその女子の姿を眺めた。よく動く大きな目といい、絶妙に着崩した制服といい、細かいところまで意識が行き届いたオシャレさといい、かなりのリア充《じゅう》力が窺《うかが》えるが——……。

何というか絶妙に知性も感じるんだよなぁ。陽キャではあるがパリピではないというか。明らかに人生うまく行ってる側の人間特有のオーラがありつつも頭脳戦闘力も高そうな……そう、早●田とか慶●ボーイみたいな（偏見）。

彩羽のことを多少なりとも意識しているなら、親友候補にアリ……だったりしないだろうか。いや、まあ。

「ストーカーはさすがに遠慮願いたいかなぁ」

「会話の流れ無視してディスんないでよ⁉」

脳内が口から漏《も》れてたらしく彩羽の親友候補（落選）に涙目で訴えられた。

「……ふん。学校の先輩後輩関係とかくだらないわ。たかが一年早く生まれただけで偉そうにするなんて意味不明。プロ野球界には二年目よりも優れたルーキーとか普通にいるし」

「なぜわざわざプロ野球にたとえたんだ。好きなのか？　……ってのはともかく。まあ、社会に出たら一年の差とか誤差だろうなぁ」

「ええそうよ。入学試験および中間、期末テスト学年二位。この輝かしい成績を誇るアタシに勝とうなんて、そんじょそこらの年上には無理なんだから！」

「へえ、学年二位なのか。それは素直に凄いな」

「……！　そ、そう？　ふ、ふふふ。まあ、当然の結果だけどね？」

余裕を保ちながらも嬉《うれ》しそうな気配を隠せてない。うん、素直すぎる。あまり前例の少ないキャラ属性に見えるが、この子みたいなタイプをなんと表現すればいいのか……イキリ素直？

「学年二位か……。なるほど、それで」

「な、何よ」

「今思い出したんだが、彩羽——小日向さんは学年一位の優等生で有名だったな」

「ぐ……」

「それで意識してたわけか。ストーキングする理由はよくわからんけど」

「ち、違っ……違うし！」

納得してうんうんうなずく俺に、イキリ素直女子が勢いよく立ち上がる。その拍子に椅子《いす》が倒れ、静寂の図書室にやたら大きな音が響き渡った。

「目の上のタンコブだから敵視してるとかじゃ——ちょっとしかないけど！」

「ちょっとはあるんじゃねえか。あと大声出すな。夏休みとはいえここは——」

「——図書室、だものね？」

「そう、図書室だ。何だよ、あんたもわかってるんじゃ……何で急に声変わりしたんだ？」

俺の台詞に被《かぶ》せるように放たれたその声は、さっきまでのイキリ素直女子のものとは違っていた。

やや低め。年齢が十近く上がった感じの声。……声の年齢って何だよと思われるかもしれないが、彩羽に声の演技をディレクションするとき、たまに使う表現だったりする。すこし年齢を上げてくれとか、下げてくれとか。そのやり方は音井さんに教えてもらった。

いやそんなことはどうでもいい。

横槍《よこやり》を入れてきた謎の第三者の顔を拝むべく、俺とイキリ素直女子は声のした方へゆっくりと視線をやった。

顔の動作はほぼ同じ。しかし顔色の変化は劇的に違っていて。

「ひっ……」

「図書委員の通報を受けて来てみたら、喧《やかま》しい猿が二匹。調教して日光《にっこう》に送り届けてあげようかしら」

顔からイキリ成分が消えてビビリ素直女子に変化を遂げたイキリ素直女子――いやこの表現クソ面倒だから茶髪ＪＫでいいや。茶髪ＪＫの視線の先に立っていたのは、目だけで人を殺しかねない威圧感たっぷりの女教師だ。

「か、かかか影石先生⁉」

茶髪ＪＫが泡を吹く勢いで声を上げた。

影石菫。《猛毒の女王》の異名をとる、厳格&高圧の恐ろしき女教師。

全校生徒のおよそ70%に恐れられ、大体29%に悦《よろこ》ばれ、約1%未満にナメられてる教師界の急先鋒《きゅうせんぽう》。

〆切100%守らないイラストレーター・紫式部先生と同一人物だという事実を知らない奴らは、みんな怯えているのだ。JK(茶髪つけるのも面倒になった)がビビるのも無理はない。

「ところで、何の通報を受けたんです?」

騒いでいたのが理由とは思えない。何故《なぜ》なら、このJKとの口論が始まったのはついさっき。図書委員が職員室へ行き、ここに戻ってくる時間を考えたら、いくらなんでも早すぎる。

つまり、これは。

「一年生の教室を覗《のぞ》いてる怪しい覗き魔がいるという通報よ」

「やっぱりか……！」

ストーカーの容疑だった。

「てか影石先生、今日、仕事だったんですね」

「ええ。夏休みでも校内にいる生徒はゼロじゃないもの。教師も毎日二人以上は出勤するように、というのがこの学校の方針よ。今日はアタシも当番の一人」

なるほど。そういうのもあるのか。

「けどまさか不審なストーカーがあなた達だとはね。友坂茶々良《ともさかささら》さん。あなたは、見どころのある生徒だと評価していたのだけど？」

「うっ……」

ギロリと菫がひと睨みするだけで茶髪ＪＫ――友坂茶々良というらしい女子は縮こまった。

しばしの間、息の詰まる沈黙が横たわった後。

「……へ、変なことしてごめんなさい‼　アタシ用があるんでもう帰りますね‼」

「⁉　ちょ、待ちなさいっ」

菫の脇《わき》をすり抜けて、茶々良は図書室を出て行った。その背中を見送りながら菫があきれたようにつぶやく。

「授業のときは真面目《まじめ》でテストの成績も良いから優等生かと思っていたのに、変質者みたいな一面を秘めていたなんて、幻滅だわ」

「顔面にブーメラン直撃してるけど大丈夫か？」

「しかも都合が悪くなったら逃げるなんて最低よ」

「なるほど面の皮が厚すぎると刺さっても痛くないってことか……」

「で、大星君。ストーカー容疑はキミにもかかってるんだけど。どんな面白《おもしろ》いウラがあるのか……じゃなかった。どういうつもりか白状なさい？」

冷静沈着な瞳《ひとみ》の中に一瞬交ざる好奇心たっぷりの童心。

……さてはコイツ今、職員室に待機してるだけの退屈な時間を解消できるぜラッキー！　的なことを考えたな？

「詳細は省くけど事情があって彩羽をストーキングしてただけだよ」

「詳細を省かれるとガチで意味わかんないんだけど⁉」

「お、おい、教師モード、教師モード」

「ふおっとぉ⁉　……お、大星《おおぼし》君。意味不明な言い逃れはやめなさい？」

脇腹《わきばら》を肘でつっつくと菫はあわてて仮面を被り直した。忘れがちだけど同じ空間に図書委員がいるのだ。幸いにもすこし離れたところにいるせいか、式部モードは目撃されずに済んだみたいだけど。

菫は図書委員の方をチラリと見るや俺に顔を近づけ、声をひそめて訊いてきた。

「彩羽ちゃんとずいぶん仲良くなったみたいだけど、いいの？」

「何の話だ？」

「真白ちゃんのことよ。いちおう表向きはニセ恋人同士なんでしょう？　月ノ森社長との約束だって、転入の話をしたときに言ってたじゃない」

「ああ、それな。……この前社長から釘を刺されてな。これからは気をつけようと思ってる」

「その発言とさっきのストーキング発言が整合性取れてないって言ってるんだけど」

「密接な因果関係があるんだよ。……彩羽に、親友を作りたくてさ」

海でオズにしたような話を菫にもあらためて説明する。

一人だけ学年の違う彩羽が俺達の卒業後にもウザくて可愛い側面を失わないように。

貴重なウザかわを保存したい、きわめて学者的な見地から同年代の親友を作ってもらいたいと考えてること。そのために身辺調査をしたかったこと。それに加えて真白とのニセ恋人関係を月ノ森社長にアピールする必要があり、それらすべてを解決するのがこのストーキング戦略だということ。

全部を聞いた上で菫は腕を組みながら、納得したようにうなずいてこう言った。

「アキって過程は賢いのにアウトプットが絶妙に頭悪いわよねぇ」

「じ、自覚はしてるんだよ……これが一番効率的だからやってるだけで……」

「で、その過程で友坂さんにも唾《つば》をつけたと。悪い男ねぇ」

「いや知らんし」

あの茶髪ＪＫが友坂茶々良という名前だってことも、さっきの会話で初めて知ったくらいだ。同じ学年で一位の翠《みどり》の名前でさえ交流するまではうろ覚えだったのに、一年生の二位なんて知るわけもなかった。

「え。それじゃ今の出会いのエピソードだったの？　ガチャで出たばかり？」

「ソシャゲ脳やめろ。……よくわからんが、彩羽をだいぶ意識してるみたいだったな」

「あー。まあそうかもねえ」

「心当たりあるのか？」

「アタシいちおう、あの二人のクラスの数学を受け持ってるからねえ。テスト返しの日とか、友坂さんが点数を競ってるところをよく見るわ」

「光景が目に浮かぶ……」

「彩羽ちゃんは全然勝負に興味なさそうだけどね。ニコニコ笑っていなしてるだけで、勝っても負けてもどっちでも良さそう」

「へえ、それは意外だな。彩羽の奴、てっきり負けず嫌いかと」

俺に対してイジり勝負を仕掛けてくるし。

「アキにだけじゃないかなぁ。彩羽ちゃんって基本的に誰かにマウント取ろうとしたりしないし、学年一位なのはただの結果で、それにこだわるタイプじゃないわよ」

「俺の知ってる彩羽と全然違うんだが……」

「まあそれだけアキが特別ってことなんでしょうねぇ。でもまあそのどっちが本物でどっちがニセモノって話でもないのが難しいところよね。気づいてる？　《5階同盟》麻雀《マージャン》のときさ、アタシの見え見えの裸単騎に振り込んでくれるの、彩羽ちゃんだけなのよ」

「具体的なエピソードが麻雀なのがこの上なくエモさに欠けるけど、確かにそうだな」

俺やオズは冷静に場を見て危険な手を打たないようにしている。

一方で彩羽は迂闊《うかつ》な手を打つことが多かったのだが、もしそれが実力不足ゆえではなく、いわゆる接待麻雀的なムーブだったとしたら？

「一番になれるのが一人だけ——そういうゲームで、無理に一番になろうとしないっていうか。他人の気持ちを考えちゃって蓋《ふた》をするトコある気がするのよね」

「まあ、察しの良い奴ではあるけど」

本音ではどうなんだろうか？

よく気がつく奴だからこそ、人の心の中を察する感受性が強いからこそ、母親の方針に反抗せずにいた彩羽。負けてる人間に気づいてしまい、勝ちを譲ったり、過度に喜ばないようにしているのもその性質が関係してるんだろう。

何なら、演技で数多《あまた》の人格を完璧《かんぺき》に演じきれるのもそうだ。もしかしたら俺には見えてない分野でも、いろいろと他人に譲っている部分もあるかもしれない。

でも、だとしたら、それは本当に彩羽が心から望んでいる姿なんだろうか、と思う。

菫の話。教室での彩羽の様子。それを見るとやっぱり、お節介かもしれなくても——……。

——ウザ絡《がら》みできる親友、作ってやりたいな。

なんて考えていると、菫が「こほん。こほん」とわざとらしく咳払《せきばら》いをしてみせた。

長い付き合いのせいか、俺が何を考えているのか薄々察しているのだろう。

「アキ、お節介モードは良いけれど、真白ちゃんのことも忘れちゃ駄目よ？」

「な、なんでここで真白の話が出るんだよ。もちろん忘れてないけど、そもそも話が別だろ」

彩羽を心配してるのは確かだがこれは恋愛感情じゃない。……たぶん。

そもそも真白にガチで告白された件については共有してないはずなのに、何でそう妙に鋭い釘の刺し方してくるんだよ勘弁してくれ。

「さ、些細《ささい》なフラグも警戒しないと駄目なのよ。アタシの立場上、どっちに揺れてしまっても心苦しいし……！」

「真白はニセ恋人だし彩羽はそういうんじゃない。勝手に脳内三角関係修羅場《しゅらば》を作って勝手に苦しまんでくれ」

「うう……。すべてをぶっちゃけられないこのポジション、地味につらい！」

頭を抱えて悶《もだ》える菫。

まあ仮にこれが恋愛修羅場だとしたら、大人で教師の立場としては誰かに肩入れするわけにはいかないんだろう。そのつらさはよくわかるが、妄想でよくそこまで本気で苦悩できるなぁと、感心せずにはいられない俺だった。

＊

『うーん、このすれ違いっぷり。いつになったらアキは真実に気づくのか。ワクワクするね』

『お前はホント楽しそうだよな、オズ……』

第4話 ●●●● ニセモノの彼女が俺にだけ厚い

夕方になった。彩羽《いろは》の周辺情報がある程度わかった段階で「先に帰ってるぞ」とLIMEで伝え、俺《おれ》はマンションに戻ってきた。

彩羽と一緒に帰ってくればよかっただろ、って思う自分もいたが、その場合はどうせ帰り道も距離を空けてストーキングの形を取らなきゃならんし、その工夫をして得られるものは少ない。月ノ森《つきのもり》社長の目がどこにあるかわからない以上、油断禁物だしな。

……あと真白《ましろ》からこんなLIMEが届いたのも大きかった。

《真白》アキの部屋にアキがいないいんだけど彩羽ちゃんもいないいんだけど二人とも連絡つかないんだけどもしかして真白の知らないところで二人でお出かけしてるとかじゃないよねお父さんをごまかすためにちゃんとニセ恋人やろうねって話したばっかりなのにまさか浮気《うわき》して二人でデートしてるとかじゃないいって信じたいけど仮にもし本当にデートでアキの気持ちがそうなら応援するのは嫌だけどでも仕方ないかなって思ってる自分もいてごめんね変なこと書いてるよねちょっとニセのデートプラン作ってるうちにハイになっちゃって（以下略）

ちなみに（以下略）っていうのは俺の脚色だ。このあと二百文字にわたる句読点なしの文章が続くのだが、それはまた別の話……というかすまん、その辺で俺も読むのをやめた。

あわてて真白に電話を入れたら――……。

『何か変に自己催眠かかっちゃったみたいで、本当にアキの彼女になった錯覚に襲われて……そしたら、あれ、もしかして浮気されてる？　みたいに感じて、つい暴走しちゃって……。で、でも大丈夫。送った直後に正気に戻ったから。アキは浮気なんてしないって、信じてるから』

正気に戻ってなかった。脳内で本気彼女設定が残っていた。

ともあれニセのデートプランについて話したい、とのことだったので、彩羽の親友づくりと同様に大切な月ノ森社長対策のためにこうしてマンションに帰ってきた、というわけだ。

俺は自室に戻ると、真白にＬＩＭＥを送る。

真白の部屋で、とも思ったが、それだけは絶対無理と真白に断られたので俺の部屋で会議をすることになったのだ。ガチ彼女と思い込んでるなら部屋ぐらい上がらせてくれてもと思うが、そこは複雑な乙女心というやつなのだろう。まったくもってよくわからん。

「お、お邪魔します」

「おう」

メッセージに既読がついた十秒後、真白が我が家にやってきた。

居心地が悪そうにそわそわしている真白をリビングに通し、おもてなし用の珈琲を用意する。

「ミルクと砂糖は？」

「……いらない。ブラックでいける」

「へえ。昔は牛乳にも砂糖を入れてたのに。大人になったんだなぁ」

「か、からかわないで。小さい頃の話をするとか、最低」

「悪い、悪い」

苦笑しながら真白の前にカップを置いた。

ＬＩＭＥのメッセージ内容からは考えられないほど目の前の真白はいつも通りだった。

やはり作家志望だからだろうか、文章だと興が乗ってしまうタイプなのかもしれない。

……けど、本当に大人になったよなぁ。

ブラックの珈琲に口をつける真白の姿をしみじみした気持ちで眺める。

涼しげなノースリーブのワンピース。顔や唇にはほんのりとメイクの痕《あと》が見えるし、指は爪《つめ》の先まで綺麗《きれい》に手入れされていて、美容意識が細かいところまで行き届いている。

今朝《けさ》の音井《おとい》さんとの会話を思い出してあらためて見てみると、真白の大人っぽい部分が鮮明に見えてきた。

同じマンションの隣の部屋に来るだけなのにこの完成度。それは俺のことが好きだからなのか、あるいはそんなの自意識過剰で、全然関係なくただの身だしなみなのか。

「……な、何見てるの。人の顔ジロジロ見るとか、失礼」

「す、すまん。綺麗になったなと思って、つい」

「は……!?　い、いきなり、何……!?」

真白の真っ白な顔が赤く染まる。

……しまった、完全に失言だ。本心を何の戦略性もなくただ漏《も》れにするなんて何を考えてるんだ俺は！

一般通過ＪＫに対しての発言でもセクハラと呼ばれる昨今、ましてや自分に好意を持ってるとわかってる女の子だぞ。軽い気持ちで褒めるなんてもってのほかだ。

「わ、悪い。変な意味じゃなかったんだ」

「軽率に口説《くど》くの良くない。あんまりそういうことしてると、刺されて良いボートで流されるよ」

「毎年クリスマスに一挙放送するアニメみたいなこと言うなよ……まあでも、ホントすまん」

「ん。反省してるなら、よろしい」

許された。

「……綺麗って言われること自体は、べつに嫌じゃないし。でもあんまり期待させられちゃうと、あとで落ち込むから。あんまり喜ばせないで」

「そ、そうか。以後、気をつけるよ」

「うん。気をつけながら、たまに褒めて」

「褒めていいのかよ」

「もちろん褒めたら怒るよ？　無責任に口説かないで、って。でも褒めてはほしい」

「どうすりゃいいんだそれ……」

「褒めた上で、期待に応《こた》えてくれたらＯＫ」

「理不尽すぎる。……まあでも、正解がなくても仕方ないか」

真白からしてみたら、好きな男が自分を褒めた上で恋人にもなってくれるのが最高なのだ。その最高を追い求めて、それ以外の不都合な結果すべてに怒るのも無理はない。

むしろあの引っ込み思案だった真白がここまで強く自分をアピールできるようになったのかと、長い付き合いの俺は、そっちの方に驚いてしまうわけで。

「……ま、しゃーなし。中途半端《ちゅうとはんぱ》な関係を許容してもらってる身だし。甘んじて理不尽を受け入れるさ」

「フフ。アキのそういうところ、好きかも」

「……！　お、おう」

くすくすと微笑《ほほえ》む真白のあまりにもストレートな物言いに、一瞬、ドキリとしてしまう。

突然ノーガードでぶん殴るの、本当に心臓に悪いからやめてほしい。

「――じゃ、そろそろ本題に入るね」

「まずはこれ、読んでほしいんだけど」

「あ、ああ」

ドサッ。

ものすんごく重い音がした。

テーブルの上に放り出されたそれは、文字がびっしりと印刷されたＡ４サイズの紙の山。

そのあまりの威圧感にちょっと引き気味になりながら俺は訊いた。

「これは……？」

「デートプラン」

「気のせいか、やたらめったら厚い気がするんだが……。これ、何枚あるんだ？」

「**２４０枚ぐらい**」

「**小説か**」

プランてのは日本語で企画だろ。２４０枚の企画書なんて誰《だれ》が読むんだよ。

「あ、でも、最初の１２０枚は導入のシナリオだから」

「デートプランになんでシナリオが必要なんだよ」

「ＴＲＰＧやマーダーミステリーでもあるでしょ？　役割をロールプレイするんだから、練り込まれた設定と前提条件を共有するためのシナリオが必要不可欠。常識」

「作家特有の、トンデモ理論を文章力で強引《ごういん》に説得力持たせるプレゼンはやめてくれ」

巻貝《まきがい》なまこ先生もたまにやるんで、プロアマ問わずの作家の特徴なんだろう。

一瞬納得しかけてしまうので本気でやめていただきたい。

「肝心のデートプランのところだけ見せてくれ」

「む。感情移入するのに必要な前フリなのに……。わかった。それじゃ１４８枚目くらいのとこから読んで」

「また中途半端な……。まあいいや、どれどれ」

サメタコ侍は【何かキュンキュンできるアイテム】を胸に抱き、まるでクラゲ定食のように微笑んでみせたのだった。


「固有名詞が何ひとつ理解できないんだが、お前は俺に何を読ませたいんだ？」

「あ、ごめん。間違えた。１４８枚目じゃなくて、１８４枚目が正しい。そこは筆が乗っちゃって、サブキャラのサイドエピソードを盛っちゃった部分」

「デートプランにサブキャラの概念が入る余地なんてあるのか……？　それにサメタコ侍とか、クラゲ定食ってなんだこの独特の言語センスは……」

「まだキャラ名を確定してなくて、適当な名前を入れといただけ。あとで差し替えるからいいかなって」

「何かキュンキュンできるアイテム」

「そこも、やりたいことは決まってるけど、具体的には何も決まってないところで」

「ああ……。キャラの名前や細かいギミックはギリギリまで練り込んだ方がいいもんなぁ。本決まりするまで本文に着手《ちゃくしゅ》できないってなると非効率的だし、ナイスなやり方かもしれん」

「でしょ。ふふん」

「確かに良い方法だ。……デートプランは小説じゃないっていう点に目を瞑《つむ》ればな」

「だ、大丈夫。184枚目からは、ちゃんと本編だから」

そもそもプランに本編なんて概念はないからな？

そう心の中でツッコミながら、本当に大丈夫なんだろうなという不安を拭《ぬぐ》えぬまま俺は指定されたページを開いた。


お祭りなんて楽しくないと思ってた。

人がいっぱいで、歩きにくいし。かわいい浴衣姿の女の子が大勢歩いてる中で、自分だけが衣装に着られてるっていうか、似合ってないような気がして恥ずかしいし。

金魚すくいはすぐにポイがやぶれて馬鹿《ばか》にされるし。

射的も当たらなくてつまんなくて。

水風船はゴムが切れてビショビショで。

……まあ、屋台で売ってた関西風のたこ焼きはダシが効いててちょっとおいしかったけど。

打ち上げ花火。

パラパラと鳴る音が聴こえるだけ。だけど色も形も見えなくて。

拍手の大きさと、いろんな人の嬉《うれ》しそうな声で、なんとなくきれいなんだろうなぁと思うくらい。

そんな思い出しかない夏祭りなんて、行くだけ無駄？　……ううん。今年の夏は違う。

だって今年は、特別だから。

特別なわたしと、特別なあなたで。

二人だったら、きっとこの楽しくない思い出だって、最高のひと夏の一ページに変えられる。


「ふむ。なるほど」

……俺はいったい何のポエムを読まされてるんだ？

「つまり、一緒に行こうってこと。……月末の、夏祭り」

「要約すると一行で済む内容をわざわざ２４０枚にふくらませたのかよ」

「馬鹿にしないで。ちゃんと当日の計画とかもしっかり入ってるから。２３９枚目から２４０枚目」

「ペラ2じゃねえか！」

2枚に収まるんなら最初からそうしてほしい。

恋人関係をロールプレイするならある程度キャラ設定と前提の物語があった方がやりやすいっていう真白の言い分もわからなくもないが、物には限度というものがあるのだ。

「けど、そうか。夏祭りか」

「……何？　問題でもあるの？」

「いや、そういうわけじゃないんだが。真白が祭りに行きたがるなんて珍しいと思ってさ」

「べつに、行きたくないけど。……アキが行きたいって言ったんだろ、ばか」

「え？」

「なんでもない、鈍感系主人公はしね」

「日常であり得るレベルで聞きそびれただけでも鈍感系主人公扱いするのは理不尽だろ……」

「開き直るその態度が気に食わないから、知らない」

不名誉すぎる罵《のの し》りをぶつけると真白は、満面で不機嫌さを表現しながらそっぽを向いた。

それから真白はちらっと目だけでこっちを見る。

「……それとも、彩羽ちゃんと行くつもりだった、とか？」

「誘われてはいた」

「えっ」

「や、別件の用事のついでに……ってぐらいで、そんな本格的な誘いじゃないんだけどな」

収録のことを明かせないのでつい奥歯に物が挟まったような言い方になる。

「そう……彩羽ちゃんと」

「心配しなくても社長の監視に引っかかるような真似《まね》をする気はないぞ。たぶん、誘いは断ることになる」

「ふーん、そうなんだ。彩羽ちゃんと、じゃなくて、真白と、行きたいんだ？　夏祭り」

「含んだ言い方するなよ……。彩羽にはクラスの友達と親睦を深めてほしくてな」

「……まあ、友達多いもんね。真白と違って」

「含んだ何かの含有量増えてないか？」

「ていうかさ、彩羽ちゃん……アキの部屋に押しかけるのは、まあ……今までのルーチン通りだし、べつにいい……や、良くないんだけど……百歩譲って、仕方ないとして……。夏祭りに誘うのは、マナー違反だと思うの」

ぷくりと頬《ほお》をふくらませ、ぽつりぽつりと不満をこぼす真白。

「真白の好きな人に、アプローチするなんて」

「えっと、彩羽はお前の告白のこと知らないはずだし、そこはな……？」

「何言ってるの？　真白とアキは付き合ってるんだよ。そりゃあ彩羽ちゃんのことは好きだけど、恋人がいる男子を、遊びに誘うのは、どうかと思う」

「いや、付き合ってるって言ってもニセの関係だし。なんていうか、お前の気持ちは知ってるし、嬉《うれ》しくもあるんだが、それで彩羽を無神経呼ばわりするのは可哀想《かわいそう》っていうか……」

「……？　え。何言ってるの、アキ？」

「ん？　あれ？」

真白が怪訝《けげん》そうに眉《まゆ》をひそめ、首をかしげている。

妙な違和感を覚えて、俺の首も、真白と同じ角度に曲がる。

何だこのボタンの掛け違い感……。

根本的なところで、何か、致命的に認識が食い違っているようなすわりの悪さ。

「真白とアキの関係がニセ恋人同士だってことを彩羽ちゃんは知らないんだから、彩羽ちゃんから見たら真白とアキは本物の恋人同士なんだし当然アキのことは彼女持ちの男子と認識して行動すべきだよね？」

…………………………。

………………………。

……え？

「えーっと、つまり俺と真白がニセ恋人同士だと彩羽が知らないってことは、彩羽から見れば俺と真白は本物の恋人同士に見えてるってことか？」

槍玉《やりだま》に上げられる政治家の答弁みたいな台詞《せりふ》になってしまったが、それくらい丁寧に情報を整理しないと理解しにくい事象ゆえ許してほしい。

そんな俺の確認に、真白がうなずく。

「そう。真白とアキが本物の恋人同士に見えてるはずなのにアキをデートに誘うのは、さすがにマナー違反だというのが真白の主張。何か間違ってる？」

「いや。確かに俺と真白が本物の恋人同士に見えてるんなら、それは他人の男を奪う泥棒猫的アプローチと断言していいな」

「でしょ。だから──」

「ちょい待て」

目に見えない文字送りが加速していく真白の台詞を遮《さえぎ》る。

真白の理屈は理解できる。

もし俺と真白が（中略）なら彩羽は当然（中略）だろうってのは、正論も正論のド正論だ。

だがしかし。そもそも論として。

「彩羽って、俺達の関係がニセモノだってこと知ってるよな？」

「……は？」

「え。あれ。あいつが知ってるってこと、お前は知らなかったんだっけ……？」

「初耳……。え、何。彩羽ちゃんに言いふらしたの？　ホントのこと」

「言いふらすも何も。《5階同盟》……と、マンション5階の仲間たちには、当然の共有事項だと思ってたん……だが……」

何たる不幸か。真白とのニセ恋人関係は《5階同盟》の行く末に関係してるんだから、情報をシェアすべし。そんな価値観を前提としていたから、真白の件を仲間にも隠し通すって発想そのものが存在しなかった。

謎《なぞ》の声優Xの正体が彩羽だってのは、それを差し引いても明かせない特大の機密事項だが。

まさか今日まで真白が、《5階同盟》の仲間にも、俺の本当の恋人と認識されてると勘違いしていたとは。

というか問題の渦中にいるせいで全然意識したことなかったけど、俺と真白と《5階同盟》の関係性って、かなりややこしく入り組んでたんだな。

「さ……さ……最低……！　じゃあ真白、みんなの前で彼女面してたの、嘘《うそ》だって、バレバレだったってこと？　うう……みじめすぎる。しにたい……しにたい……っ」

「おいおい落ち着け真白。お前言うほど彼女面ムーブしてないから！　みんなの前でも、結構俺に辛辣《しんらつ》な態度取りまくってたから！」

「ていうか菫《すみれ》先生にもあのときキメ顔でカミングアウトしたのに……あ、あ、あのとき、ニセ恋人関係のことは知ってたってこと？　どうりでもう片方の真実に比べて、そっちの方は反応が薄いと思った……！」

「菫先生……？　おい真白、それって何の話――」

「もおおおお、覚えてろよ、式部《しきぶ》ううううう！」

何か気になることを口走った真白ではあったが、混乱を極《きわ》めた彼女に質問したところで到底答えてもらえそうになかった。

「彩羽ちゃんがあんまり気遣う感じがなく、アキにじゃれついてたのは……真白がニセだって、知ってたから。うう～……！」

茹《ゆ》でたロブスターのように頬を染めた彼女は、頭をかかえてうずくまる。

彩羽は俺にいやがらせしてるだけなんだから、嫉妬《しっと》するようなことじゃないだろ？

と、以前の俺なら、そう言っていた。

だけどウザ絡《から》みしてくる彩羽も客観的に可愛《かわい》いという新説が浮上した今、真白の目からは、充分に恋敵の要件を満たしていたのは容易に想像できるわけで。

「なんていうか……うん、ごめんな。気づかなくて。デリカシーなし男でホントすまん」

「べ、べつにいいけど。アキの性格を見切れなかった、真白も悪いから」

「いやいやこればっかりは本気で俺が迂闊《うかつ》だった。あまりにも秘密が交錯しまくってたせいで、誰がどんな情報持ってるのか俺の中でもすこし混乱してたみたいだ」

「秘密が、交錯……」

ピク、と真白が反応した。その単語を口の中で噛《か》みしめながら、言うか言うまいか迷うような間を空けて。

「他にも、あるの？　えと……真白と、ニセ恋人してるのと、同じような秘密……」

「え？　あーいや、それは言葉の綾《あや》っていうかさ」

「そう。でも、みんなにも確実に秘密にしてること、あるよね？　……たとえば、謎の声優Xの正体、とか」

「……ッ」

おずおずと切り出されたカードは、だけど信じられないくらい刺さる一手だった。

ＴＣＧ《トレーディングカードゲーム》にたとえるなら俺の構築してきたデッキに対して完璧《かんぺき》なメタを張るような……って、この比喩が通じる人間てどれくらいいるんだ？

国内のＴＣＧユーザー人口を憂いながら俺は曖昧《あいまい》に微笑んでみせた。

「あ、あー、あれも秘密と言えば秘密、だなぁ。声優側との契約の問題で言えないだけだから、何も面白《おもしろ》い裏とかはないけどな？」

嘘は言ってない。

契約書をかわした事実はないものの日本の法律では口約束も契約のうちに入るしな。うん。

「ふーん。そうなんだ。ふーん」

「な、なんだよ。言いたいことがあるならハッキリ言えよ」

「べ、べつに。なんでもない」

「そ、そうか。なら、いいけど」

さっきから心臓に悪いにも程がある。寿命が三年縮んだ。

もしかして謎の声優Xが彩羽だとバレたのかと思い真白の顔を伺《うかが》ってみるが、うつむきがちのその顔からは本心を読み取ることなんてできやしない。

「……負けないもん」

「え？」

しばらく何事かを考えたあと、ぽつりとつぶやいた真白の言葉。小さすぎて聴こえないその台詞に対し主人公特有のアンコールを求めるものの当然受け入れられず。

真白は俺の胸にぐいと分厚い小説、もとい、デートプランを押しつけて、半睨《にら》みで言った。

「夏祭り」

「とりあえず当日の予定を調整してから返事をしてもいいか？」

「強制イベントだから。拒否権とかないから」

「お、おう。……まあ、何とかなるか」

その日は収録予定。だが彩羽の声を録《と》るようになって何ヶ月も経《た》った今となっては収録時間の見積もりもかなり正確にできるため、後ろの予定を入れたところで事故る確率は低いだろう。彩羽の純粋同性交遊の動向をモニタリングする都合上、どうせ夏祭りの現場には足を運ぶつもりだったし。

真白との嘘デートと同時進行でイベントをこなせるなら、これ以上効率的なこともない。

「ん。じゃあ当日、ふたりでね」

「オーケー。服装とかはべつに普段着でいいよな？」

リアルが充実してらっしゃるパリピ界隈では、夏祭りと言えばカラフル柄のかわいい浴衣。

しかしその手の文化が嫌いな陰の者代表、真白の趣向はきっと真逆で。

軽薄なリア充《じゅう》文化など悪！　同調圧力の象徴、縁日の浴衣など破り捨ててくれる！　なノリで社会に唾《つば》を吐くに違いない――。

「は？　ばかなの？」

――と思っていた俺の予想は、きわめてシンプルな罵倒《ばとう》に打ち砕かれた。

「浴衣、レンタルするに決まってる。常識」

「マジか。てっきり陽《よう》キャ連中と同じ格好とか絶対に嫌がるもんかと……」

「チャラチャラした見た目のやつはきらい。でも浴衣自体は美しき日本文化。伝統は、大事」

ふんすー、と興奮気味に語る真白。

ああ、そうだった。文化や伝統を重んじる姿勢もオタクの特徴のひとつだもんな。

「お祭りは浴衣。それ以外ありえないから。……駅の近くに、浴衣レンタルのお店があるの。開始前に寄って、借りてこ」

駅の近くなら音井さんの家からそう遠くもない、か……。

「了解。いくらくらいかかるんだろうな。《5階同盟》の経費で賄えるぐらいだといいけど」

「いらない。真白が払う」

「え？　や、さすがにそれは……。真白に払わせるくらいなら、俺のポケットマネーで」

「大丈夫。真白、キャッシュ結構あるし」

「マジか。さすが社長令嬢。小遣《こづか》いも規格外か……」

「馬鹿にしないで。親のすねなんてかじらない。自分で稼いだお金だもん」

「おおっ、それは立派な心掛け……って、いやいやいや。お前、働いてないだろ？」

「あっ。ち、ちがっ……」

至極真っ当なツッコミを入れられた真白はあわてて口を手で覆《おお》った。

信号機を明滅させる勢いで顔色を変えながら、目を挙動不審にきょどきょどさせて。

「ぐ、偶然大きなお金を手に入れただけっ。変な詮索《せんさく》しないでっ」

「それ完全にヤバい犯罪に巻き込まれてる奴《やつ》の台詞だけど大丈夫か？」

「た、短絡的。割のいいバイトなんて、いくらでもある」

「たとえば？」

「し、新薬の治験……とか？」

「疑問形で言われてもな」

「ちなみに、カナリアさんの作家缶詰プログラムのひとつに『治験で執筆コース♪』っていうのがある。投薬後しばらく強制入院だから、原稿が捗るんだって」

「唐突に闇《やみ》の深い話をするのはやめろ」

「と、とにかく、真白のお財布事情なんてどうでもいいでしょ。女の子のプライベートを探るなんて、最低」

強引に打ち切ろうとするその態度も怪しすぎる。あたかも推理小説において序盤ミスリードで犯人扱いされるキャラ。ファンタジー映画だと後半に祖国を裏切る商人。そんでエロ漫画だと裏でＮＴＲ《ねとられ》てる恋人。

いずれにしてもろくなもんじゃないが、まあ真白に限って妙な金稼ぎなんてしてないだろう。

現役《げんえき》ＪＫともなれば援助交際だのパパ活だの後ろ暗いバイトに手を染めてる可能性はゼロとは言えないが、人見知りで俺以外には引っ込み思案の真白が赤の他人と触れ合うとか無理だろうし、いや、案外地味なタイプの女子が陥《おちい》ったりするんだっけ、そういうの……ってストップ禁止そこまでだ。幼い頃から知ってる仲で、そんな想像したくもない。

一瞬でも闇世界に沈んだ真白の姿を想像してしまった罪悪感に堕《お》ちる俺をよそに、椅子《いす》から勢いよく立ち上がった真白は――……。

「今回のデートは真白の仕切りなの。だからアキには絶対払わせないっ」

「真白……」

「アキをリードできる女だって、持ってる武器全部使って証明するから。……じゃあねっ」

挑戦状をたたきつけるようにそう言い残し、部屋を出て行った。

ぽつんとその場に残されたのは、俺と――。

強引に押しつけられた、240枚あまりのデートプラン（ほぼ小説）。

力づくでねじ込まれた夏祭りのスケジュール。

そして大雑把《おおざっぱ》に見せつけられた、ほんのすこしの違和感。

「真白の奴……何か様子がおかしいような……？」

あの告白の後から押しが強くなったとはいえ、ここまでのストロングスタイルは見せてこなかったはずだ。

……真白の心境に何かしら変化があったんだろうか？　うーむ……わからん。

まあ、理解の及《およ》ばぬことに頭を悩ませても仕方ない。答えのない命題に囚《とら》われるのは無駄の極み。愚の骨頂。

「今はとにかく、俺のできることをしないとな」

俺はスマホを軽く操作し、彩羽にメッセージを送ることにした。

《AKI》夏祭り、真白と行くことにしたんでその説明がしたい。今夜うちに来てくれ
《彩羽》……は？

＊

「初手土下座《しょて》!?」

「もちろんタダでとは言わない！」

夜。寝室にやってきた彩羽を、俺は古式ゆかしい日本の作法で出迎えた。

学校での作業を終えて帰ったばかりなのだろう制服姿、スカートから伸びる脚は、この部屋においては珍しくソックスを履《は》いている。繰り出された先制攻撃（土下座）の速攻っぷりに、さすがの彩羽も靴下を脱ぐのが間に合わなかったらしい。

「先にお前に誘われてたのは重々承知してる。《5階同盟》に全力を出せ、真白との関係にうつつを抜かしてる場合じゃないってのも、わかってる。だがこれは、大事なことなんだ」

月ノ森社長に俺と親密な女（彩羽）の存在が疑われてること。

ニセ恋人関係をうまく演じないと、社長との契約が果たせないこと。

そして240枚相当のデートプランが重すぎること。

……いや、最後のやつはいくら真剣に説明したところでギャグにしかならないんだけど。

「――という事情で夏祭りは真白と行くことになったんで、すまんが彩羽は学校の友達と一緒に行ってくれると非常に効率的に物事が進むんだが……」

「ま、まあ事情はわかりましたけど……うわ分厚《ぶあつ》っ」

話を聞き終えた後、土下座する俺の横にでんと積まれたデートプラン（著者・真白）を拾い上げ、彩羽は胃もたれしたような顔になった。

靴下を脱いで背中からベッドに飛び込んだ彩羽は、漫画を読むときと同じスタイルで高々と240枚を掲げ、あきれたような愛《いと》しいような、微妙な雰囲気のため息をつく。

「やっぱ真白先輩の愛、重いなぁ」

「物理的にな」

「そのストレートなアプローチにダイハードなセンパイもイフリート、と」

「語呂はいいけど後半よくわかんないことになってるぞ」

「ダイハードは頑固で堅物。炎の精霊イフリートのようにハートが燃え上がってしまってる、って意味のJK語です！」

「マジか。そんなJK語が流行《はや》ってたなんて、全然知らなかった……」

俺も一応高校生なのに。

それだけ俺の日常生活と一般的なJKの日常は隔てられてるんだなぁ。

「まあ、いま秒で思いついただけなんですけど！」

「捏造《ねつぞう》かよ！」

一瞬、本気で己《おのれ》を憂いかけたじゃねえか。いや、非効率的な青春を楽しみたいとは思わんが。自分の信念をさておいても、世間から置いて行かれてる状態を良しとは言えない。

作品をプロデュースし、大勢の人間に届ける立場としては、世間一般の価値観にアンテナを張り続けなければいけないからな。うん、そういうことにさせてくれ。

「うーん……そっか、真白先輩とかー……」

すこし体を起こし、壁に背中を預けて体育座り、切なそうに膝《ひざ》に顔をうずめながら。

「センパイと花火かぁ。どんなふうに絡んでいこっかな～♪　……って、楽しみにしてたんですけどねー」

「うっ……す、すまん。それは、本当、なんて言ったらいいものか……」

「夏休み最後の日、青春の思い出。センパイと飾りたかったんだけどなぁ」

しゅんとした声。罪悪感の針にちくちく刺される感覚に襲われる。

彩羽がどういう本音を持っているのかは、俺にはわからない。恋愛感情ではない、とは思う。

だがその性質の詳細を一旦脇《いったんわき》に置けば、とにかく慕ってくれている事実だけは確かなわけで。

当然、いじけるのも仕方ないわけで――……。

「あー……なんていうか、その、すまん。さっきも言ったけど、もちろんタダでと言うつもりはないんだ。必ずどこかで埋め合わせする。何でもするから。だからそう落ち込ま――」

「……言っちゃいましたね☆」

「ん？」

「彩羽ちゃんに！　謝罪と賠償をすると！　何でもすると！　言いましたね！」

「いや何でもするとは言って……言ったわ。うん、言ってるな、俺……」

「むっふっふー。何でもかぁ。どーんな無茶振りしちゃおっかな～」

「……お手柔らかに頼むぞ？」

「任せてください。難易度シルク・ドゥ・ソレイユくらいの無茶振りで済ませますから☆」

「歴史的大道芸と同レベルを求められてる……だと……？」

「まあまあ心の広ぉーい彩羽ちゃんは、その程度で許してあげるって言ってるんです。素直に喜んでください☆」

「ああ……それは、まあ、な」

　実際、先に遊びに誘ってきた友達に「彼女とのデートが入るからキャンセルな」と言ってるのと同じなわけで。本当なら絶大なヘイト値を稼ぐ絶許案件である。

　それを多少の無茶振りで許してくれるって言うんだから寛大な措置と言えよう。……多少の無茶振りなら、だけど。

「あとできっちり債権回収するんで、センパイは気にせず真白先輩と楽しんできてください」

「わかった……お前は、どうするんだ？」

「クラスの人達と行くんでご心配なく！　これでも人気者ですからね。フレンド数永遠のゼロなセンパイとは違うってところを見せてあげますよ！」

にっと笑って顔の横で親指を立てる彩羽。

人を煽《あお》らずに会話できねえのかコイツはと思いつつ、今は彩羽の底抜けの明るさに救われる。

この調子でウザさを曝《さら》け出せる友達も作れると最高なんだが。

「――コホン。そんじゃ、夏祭りの日のスケジュール整理な」

軽く咳払《せきばら》いをし、真面目《まじめ》な表情を取り戻す。

情けないプライベートの顔を引っ込めて、最近使いすぎて年季の入ってきたプロデューサーとしての仮面《ペルソナ》を被り直す。

「昼は音井さんのところで収録。夜は、俺は真白と、彩羽はクラスメイト達と夏祭りを楽しむ。……これでいいな？」

「了解です！　プロデューサーさん♪」

「その呼び方はいろいろ危ないからやめろ」

＊

『月ノ森さんの追撃……これはまずいかもしれないね』

『そういえばここのところお前との会話がない気がするんだが、どこで何をしてるんだ？』

『大注目のギャルゲーが発売されたから、引きこもってフルコンプしてるところだよ』

『おお。それは良いな。なんて作品だ？』

『【何様のような君へ】』

『ヒロインが滅茶苦茶《めちゃくちゃ》ウザそうなタイトルだな』

interlude

Tomodachi no imouto ga ore nidake u

幕間●●●●彩羽のモヤモヤ

「ばーかばーか！　センパイのばーーーっか！」

夜。まだ灯りを全開に点《つ》けたまま私はベッドの上で溢《あふ》れんばかりの感情を発散していた。

小学生か！　ってくらいにじたばた暴《あば》れて、愛用のトマト型のぬいぐるみ、トマッティー君の顔を潰《つぶ》したり引っ張ったりしてめっこめこにした。

トマッティー君の、いつもは素直にあざとカワイイと思えるちょっとウザめの表情が、今は無性にイラッ☆とさせてくるというか、「お前絶対自分のこと可愛《かわい》いって自覚してるだろ！」と指摘したくなってしまう。

まあ、八つ当たりの自覚はあるんだけど。ごめんね、トマッティー君。

「やっぱりワガママなのかなぁ、私」

あの海の日から数日経《た》った。

変な儀式に巻き込まれたり、海で二人でじっくり話す時間を作れたり、《5階同盟》の仕事に初めて堂々と関わることができたり。私にとっては、大きく前進できた出来事だ。

センパイとの距離も縮まったような気がして、思い出すだけでも、胸がドキドキと鳴り始めて、ただでさえ暑苦しい夏の夜なのに肌が汗ばんでくるのを感じる。

目標を達成するまで《5階同盟》のプロデュースに全力を注《そそ》ぐ。あらゆる青春や恋愛は投げ捨てる。センパイがそう決めてるのはわかってるんだから、それ以上を期待しても仕方ないのに。

わかってる。この嫉妬《しっと》が理不尽で、汚いワガママなんだってことくらい。

真白《ましろ》先輩とのデートを優先しなきゃいけないのは《5階同盟》のため。センパイに恋愛感情はたぶんないし、何ならそのストッパーに安心して甘えちゃってるのは私自身だ。

でも、だけど、そんなの仕方ない。理屈ではわかってても、感情はどうにもならないんだから。

あーあ……やっぱりこれ、罰なのかなぁ。

真白先輩から本当の気持ちを問われたとき、私はとっさに嘘《うそ》をついてしまった。真白先輩のガチ告白を覗《のぞ》き見ちゃったくせに、手札を袖《そで》の下《した》に隠してしまった。

そしてセンパイのスタンスに都合よく乗っかって、胡坐《あぐら》をかいて、戦わなきゃいけない事実から目を逸らしてる。

センパイが好きなら。ただの後輩じゃなくて、友達の妹じゃなくて、それ以上になりたいなら。

真白先輩との対立は避けられないっていう、絶対の事実から。

か弱くて、可愛くて、一生懸命で、センパイに対して一途な女の子。あまりにも良い子すぎて、恋敵だとわかっていても、憎もうにも憎めない、ある意味で最もタチの悪い対戦相手。

昔の私なら、きっと諦《あきら》めてた。

お母さんに言われた通りに、お母さんの悲しむ顔を見たくなくて、ただ言われるままに娯楽から目を背《そむ》けて、興味のあったお芝居にも無関心なフリを続けた。

でもセンパイと出会って、諦めずに好きなものを追いかける大切さを知った今——……。

諦めたくない、って気持ちが、強く、強く、胸の奥底で根を張っている。

にもかかわらず、真白先輩に対して正々堂々と本音を打ち明けられずにいるのは、単純に。

「臆病《おくびょう》……なんだろうなぁ」

結局のところ、怖いんだ。

本音を曝け出したら、真白先輩にはきっと嫌われてしまうし、センパイに受け入れてもらえるかどうかもわからない。

嫌われる勇気があれば。傷つくことを恐れず進める勇者なら。こんなにモヤモヤすることもなかったんだろう。

「うーん……やめやめ！　落ちてても仕方ない！　前を向きたまえよ彩羽《いろは》ちゃん！」

自分の頭を軽くたたいて気を取り直し、枕元《まくらもと》に置いてあった紙の束を手に取った。

巻貝《まきがい》先生と真白の担当編集、スーパーアイドル綺羅星金糸雀《きらぼしカナリア》の別荘——通称カナリア荘での一件で生まれた『黒き仔山羊《こやぎ》の鳴く夜に』の新キャラ——黒龍院紅月《こくりゅういんくげつ》の台詞《せりふ》がびっしりと印刷された収録用台本だ。

もう何度も読み返したそれは、握力ですこししわになっており、台詞のひとつひとつに赤字でメモが残されてる。自分なりの精いっぱい、その証《あかし》。

いろいろと思うことはあるけれど、今はとにかく自分ができることを全力で取り組もう。

センパイが《5階同盟》にすべてを捧《ささ》げている限り——……。

私も、同じくらいの全力で、《5階同盟》とセンパイに、持てるすべてをぶつけてやる！

「あっと言わせてやるからなぁ～。覚悟してろよぉ、センパイ&音井《おとい》さん！」

誰《だれ》に聞かれるでもない宣戦布告を口にして。

私は黒龍院紅月の魂の中、奥の奥まで深く潜り込んでいくのだった。

interlude

Tomodachi no imouto ga ore nidake u

幕間・・・・・なまこと式部

夜のカラオケボックスは陽《よう》キャのウザい歌声が響き渡る魔境。……そうわかっているのに、真白《ましろ》が午後11時、高校生がひとりで出歩くのは倫理的に問題ありそうな時間帯にここにやってきたのには理由がある。

「ま、真白ちゃーん？　こんな時間にカラオケなんて、先生よくないと思うなー？」

「保護者同伴みたいなものだし、いいでしょ」

「そ、それはそうなんだけどぉー。それならこー保護者として敬うような態度をね？」

汗をだらだら流して猫なで声を出してるのは菫《すみれ》先生。

──間違えた。式部。

いま猛烈に怒ってる真白としては、敬称をつける気になんてまったくなれない。

呼び出した理由は他でもない。

「真白が本当はアキの恋人じゃないんだってカミングアウトしたとき……どうして、もともと知ってたって教えてくれなかったの」

シートに深く腰掛け足を組み、真白はマイクで音量とともに威圧感を上げてそう言った。

微妙にハウった（意訳：ハウリングした）のは恥ずかしいけど、そこはまあ良しとする。

「あのとき《5階同盟》内での自分の認識のされ方がわかってたら、もうすこし違うムーブができたかもしれないのに」

「し、仕方ないでしょぉ。真白ちゃんが巻貝《まきがい》なまこ先生だったー！　っていう新事実と、恋人関係はニセでしたー！　っていう知ってたことを同時に聞かされたら、前者のインパクトが強すぎて後者の情報なんて印象に残らないし！」

「……ふぅん。開き直るんだ？」

「ごめんってばー！　全面的にアタシが悪かったから！　何でも協力するから！　機嫌を直してよう！」

涙目になりながら床に這《は》いつくばって、真白の足にすがりつく式部《しきぶ》。

……何だろう、この謝り慣れてる感じ。

情けないにも程があるんだけど、だからこそ微妙に母性を刺激されて許してあげたくなってしまうような。

命乞いにスキルポイントを全振りしてる気配を感じる。アキに詰められてる時もたぶんこうなんだろうなぁ。

「はあ……。まあいいや。真白に情報くれたら許してあげる」

「情報？」

ヒェ〜

「彩羽《いろは》ちゃんのこと。式部、彩羽ちゃんについて何を知ってる？」

「何って……」

「嘘《うそ》やごまかしはナシだからな」

「わかってるわよ！」

　圧をかけられた式部は涙目になりながらわたわたと考え始める。

「えっと、えっと……うーん、彩羽ちゃんについてと言われても特にコレといったことは何も知らないのよね。トマトジュースが好き、とか？」

「味の好みとかどうでもいいから。……って、彩羽ちゃんも好きなんだ、トマトジュース」

　真白と同じだ。

　アキが昔よく好きで飲んでて、それで真白は影響された。最初は酸っぱくて飲めたものじゃなかったけど、アキに飲めるものが飲めないのが癪《しゃく》で、意地で飲み続けてるうちに気づいたら好きになってた。

　彩羽ちゃんもアキの影響だったりするのかな？　……って、そんなことよりも大事なことを確認しなきゃ。

　謎《なぞ》の声優旅団X。正体が彩羽ちゃんだと知ってるのは真白だけなのか、否《いな》か。

　それともすこし距離のある巻貝なまこ以外――マンション5階に住んでる皆なら、聞かされているのかどうか。

それ次第で真白の攻め方も変わってくる。

「《5階同盟》のメンバーじゃないのに、アキとずっと一緒にいるのはなんで?」

「え?」

予想外な質問だったのか、式部は瞬《まばた》きしていた。

きょとんとした様子はシロ……いやいや、まだわからない。もうこれ以上、情報格差のせいでみじめな想《おも》いをするのは嫌だ。

「おかしいよね、アキは《5階同盟》の活動第一主義。彩羽ちゃんが部屋に入り浸るのを許すとか、効率的に考えてあり得ない」

「まあ……確かに?」

「ここからは仮説。あくまで真白の仮説なんだけど」

「うんうん」

不意の情報リークにならないよう細心の注意を払いながら探りを入れていく。

遠回しに。作家特有の豊富な語彙《ごい》を駆使してさりげなく。

「彩羽ちゃんも《5階同盟》のクリエイターのひとりだったりしない?」

――ごめん、口が勝手にド直球を投げてた。

頭では遠回しにしなくちゃいけないと理解してたんだけど、真実に迫りたい欲求を抑えることができなかった。

何せもう夏祭りは目の前に迫っている。

彩羽ちゃんが《5階同盟》の声優だろうと何であろうと関係なく、強くなろうと心に決めた。だけどこの彩羽ちゃんの秘密が、どの範囲のメンバーまで周知の事実なのかによって、敵の強大さは大きく変わる。

もしも式部が真実を知っていたなら、それは――……。

「彩羽ちゃんが？　うーん、どうなのかしら。海のときはアキを手伝ったみたいだけど、普段からアシスタントプロデューサーとかやってるような話も聞かないし……」

あごに指を当て、頭上に疑問符を浮かべながら首をかしげる式部。

間の抜けた仕草だが、すっとぼけているようにも見えなかった。

「……本当に知らないんだ？」

「どうしてそんなこと聞くわけ？　もしかして何か――」

「や、何でもない。ただ、恋のライバルがどこまでアキと近しいのか、確認したかっただけ」

逆に探りを入れられるのを避けるため、真白はふいっと顔を逸《そ》らした。

あきらかに不自然な動作だったけれど、式部はまったく気づいた様子もなく、むしろ何か変な方向に勘違いしたらしい。はっはーん……と悪戯《いたずら》っぽい笑みを浮かべていた。

「何、嫉妬《しっと》？　嫉妬ムーブってやつ？」

「そ、そうだけど。な、なんで嬉《うれ》しそうにしてるの」

「やー、つい最近まで巻貝なまこ先生を男性だと思ってたからさぁ。正体が真白ちゃんだって知った今でも、アタシの脳内ではアキ×なまはＢＬで再生されるのよね」

「さ、最低……！　ちゃんとノマカプで想像してよっ」

勝手に脳内で男体化とか常識を疑う。

あまりにも現実から乖離《かいり》した妄想に囚《とら》われるなんて思い込みが激しすぎる……って、あれ？

何か後頭部にザクっと見えないブーメランが刺さった感触がしたけど気のせいかな。うん、まあ、気のせいだよね。真白、妄想癖とかないし。

「でも、そっか。何も知らない……か」

見てしまったＬＩＭＥのやり取りが本当なら、彩羽ちゃんが《５階同盟》の声優なのはほぼ間違いないはず。

その事実を巻貝なまこだけでなく、式部も知らないとしたら。

――つまり彩羽ちゃんの方が特別ってこと、か。

胸の中でモヤモヤが溜《た》まる。

式部が彩羽ちゃんの真実を知ってたなら、いっそよかった。

だってそれなら、真白がニセ恋人である事実を当然仲間にも伝えていたっていうのと、同じ扱いになるから。

彩羽ちゃんと真白は同列の扱いってことになる。

でも、違った。

アキは彩羽ちゃんの正体は誰《だれ》にも教えていない。つまりそれだけ特別な存在だってこと。

「真白ちゃん？」

「……ん？」

式部が床に跪《ひざまず》いたまま心配げに見上げてくる。

……いけない。ひとりで考え込んでた。

「大丈夫？　怖い顔してたけど」

「大丈夫だよ。ちょっとカルマが上がってただけ」

「ダメでしょそれ!?　……ねえ、真白ちゃん」

ツッコミを入れてから式部はふっと真面目《まじめ》な顔になる。ほぼ土下座に近い体勢でシリアスな表情になられると微妙に面白《おもしろ》いからやめてほしいけど何だか言い出しにくいなぁと思っていると、式部は言った。

「アタシね。正直、他人の恋に介入するのは趣味じゃないの」

「……カプ厨だもんね」

「ええ。そして友人としても。彩羽ちゃんと真白ちゃん、どっちにも幸せになってほしいっていうのが偽らざるアタシの本音よ」

「……なら、真白のこと、応援できない？」

「ううん、応援はしてる。露骨に彩羽ちゃんの邪魔をするとかはしたくないけど、ささやかな援護射撃はしてあげたいって思うわ」

「そう。……でも、ありがとう。充分、心強いよ」

式部の難しい立場を考えたら、それだけでも感謝しなきゃいけない。

多くを求めすぎちゃいけない。

「ね、それじゃ、応援ついでにひとつだけ教えて。式部から見てさ、アキって……どんな人を好きになると思う？」

「アキが？　うーん、難しい質問ね。アタシ、たぶんアキに好かれたことないしなぁ。あきれられたり、嫌われたことならあるかもしれないけど。……あっ」

待てよ、と。

式部は何かに気づいた顔になる。

「嫌われることの逆をやれば好かれるのかも」

「逆？」

「ええ。アキってば、アタシが弱音吐いたり、〆切守れなくて逃げると烈火の如《ごと》く怒るのよね。まるでゴミを見るような目で見てくるし……まあそれは被害妄想かもしれないけどぉ」

「そりゃ怒るだろ。あんだけ〆切ぶっちぎっておいて、アニメ観まくったりしてるんだから」

「あーあー、正論聞きたくナーイ」

「子どもじゃないんだから。……あー、でも、一理ある……かな」

式部の言い分はふざけているようで、意外と真理を突いてるのかもしれない。

アキ自身、すごく努力家で、前向きな人だ。

弱いところもたぶんたくさんあるんだけど、それをなるべく見せないように、弱点を克服して、前に進み続けてる。

弱い自分を変えたいと思った。だから自分の手でデートプランを作って、アキをリードしてみたいと思った。

でもそれだけじゃ駄目だ。それは前向きな逃げでしかない。

新しい試みに挑戦することで、自分の弱みから目を逸らしてる。

アキだったらどうする？

どんな人間にアキは共感して、アキが、隣に立つ女の子として認めてくれる？

「そっか……そうすればよかったんだ……」

「あーあー、キコエナイ、キコエナー……い？　あれ、いま何か言ったかしら？」

「式部が逃げ癖《ぐせ》症候群で良かったな、って。ありがとな」

「えーっと。どういたしまして？」

「うん。──せっかく来たんだし、何か歌ってくか」

きょとんとしている式部の前で、真白は昂揚《こうよう》する気持ちとともに曲を入れた。

流れてきたのは切ない恋のメロディ――なんかじゃ全然なくて。

「攻・め・る・ぜー！」

ハイテンポで激しい曲調で有名な、少年向け漫画原作アニメのOPソングだった。

「おお……！　これめっちゃ声量が必要なヤツよね。真白ちゃん、こういうの歌えるんだ⁉」

「無理！」

「無理なんかーい！」

「カラオケなんだからノリでいいんだよ。ほら、式部も歌うぞ！」

「ふ、ふふふふ。アタシにマイクを持たせたわね？　夜のマイクを持たせちゃったわね⁉」

「深夜テンションで下ネタやめろ」

「イエ――――イ‼　盛り上がるわよぉ――――ッ‼」

それから一時間あまり。

不慣れな大声で歌い、喉《のど》をかすかすにかすれさせ、全身汗だくになりながらも、真白は確かな手応えを感じていた。

これでいいんだ。慣れないことをして、苦手なことを克服して、ちゃんと前に進む。

その先にきっとアキはいるんだと信じられる。

アキに渡した２４０枚相当のデートプランは、残念だけど、そこからさらに数枚の加筆修正をすることになる。カナリアさんにはいつもページ数が増えすぎちゃって苦言を呈されるけど、毎回、その増量は意味があったと認めてもらえる。

大切なことだから、増やすんだ。

いま、式部のおかげで確信できた。

あの２４０枚だけじゃ駄目。アキの隣に立つための、真白自身を変えるためのプランは——。

クライマックスで『アレ』を決めて、初めて完成するんだ……って。

5階同盟(4)

AKI
そういえば巻貝先生、この前言ってたデートはうまくいったんですか?

巻貝なまこ
んや、まだ。てか、明日が決行日だし

AKI
おお!　タイムリー

OZ
結局、夏祭りに行くことにしたんでしたっけ

巻貝なまこ
そそ

AKI
へえ、すごい偶然ですね。実は俺も明日、お祭り行くんですよ

巻貝なまこ
ま、まあ、どこもこの時期に夏祭りをするだろうし

巻貝なまこ
そう珍しいことじゃないだろ

OZ
デートで、っていうのも同じだよね?

AKI
いやデートはデートだけどそういうんじゃ……からかうなよ

OZ
ごめんごめん☆

AKI
最近何だかんだでお前と彩羽は兄妹なんだなと思えることが増えてきた

OZ
あれ、巻貝先生の霊圧が消えた?

AKI
ホントだ。既読はついてるのに

AKI
まあ急に担当から電話が入ったとか

OZ
もしくは会話が返信しにくい流れになっていた、とか

AKI
変な穿ち方するなよ……

紫式部先生
やっぱバスターソードはロマンよねー！

AKI
また唐突に生えてきたな

紫式部先生
生やす趣味はないわよ！　生やしてる同人誌を否定はしないけど！

AKI
何の話だ……

OZ
バスターソードって、『グランドファンタジー』の？

紫式部先生
そ！　春に発売した7のリメイク！　ハニプレの歴代最高傑作！

紫式部先生
イラストの〆切もないし夏休みで授業もないしで一気に積みゲー崩してたの！

紫式部先生
クラリスちゃんの大凶斬りめっちゃカッコイイわー

紫式部先生
ティフ君との幼なじみ関係がまたエモエモで！

AKI

でも前作プレイしたしなぁ

紫式部先生

何言ってんの！　内容知ってるからこそ滾るんでしょうが！

紫式部先生

騙されたと思ってテーマ曲だけでも聴いてみなさいよ。Ytubeに上がってるから！

AKI

ホントだ

AKI

原作のテーマをベースにしながら、今風のオーケストラアレンジがされてる

AKI

これはセンス良いなぁ

紫式部先生

でっしょー？　思い出を何十倍にもアップデートしてくれるわけよ！

紫式部先生

さあさあみんなも夏祭りデートとか忘れて、グラファン7の沼にカモン！

OZ

何か強引に巻貝先生の話を逸らそうとしてません？

紫式部先生

はひゅん？　そそ、そんなことないわよ！

紫式部先生

アタシはアタシが良いと思うものをマイペースにみんなに進めてるだけだし！

OZ

ふーむ。怪しいなぁ。何か隠してそうな気がするんだけど

紫式部先生

さささささ、さーてゲームの海に潜るわよぉ〜!!!!

第5話　俺達の音井さんが俺にだけ深い

約束の日がやってきた。

夏祭りの開始は夕方からだが、商店街から神社近辺にかけての道は屋台の準備ですでに大いに賑《にぎ》わっていた。

心なしか人の往来も多く、行き交う人々の足取りも浮かれて見える。

そんな陽《よう》気あふるる道路の隅っこ、人目憚《はばか》る陰の道を――。

不審人物が二名、早足で進んでいた。

深く被《かぶ》った鹿《しか》撃ち帽、目にはグラサン、口マスク、夏だというのに長袖《ながそで》のコートまで着た二人組なのだから、どう見てもお近づきになっちゃいけないやつである。

――まあ、片方は俺《おれ》で、もう片方は彩羽《いろは》なんだけど。

線路を越えて駅の反対側の坂道を行き、すこし離れた場所にある閑静な高級住宅街。

裕福な上流階級か誘拐狙《ねら》いの不審者のどちらかしか歩いてなさそうなこの場所に、明らかに後者の立場で存在する背徳感にそわそわしながら俺達は目的地へ向かった。

『音井《おとい》』

由緒正しい日本家屋、数奇屋門《すきやもん》に掲げられた表札にはそう書かれている。

滑り込むようにそこをくぐって敷地の中へ。……もちろん居住者の許可は取ってある。

めんどいから、という崇高な理由があって迎えには来ないけど。

中庭を通らせてもらって離れの倉へ。その中に続く地下への階段を降りていくと——……。

「おっー。……って、お前らその格好どしたー？」

高そうな外国製の椅子《いす》にぐでーっと体を預けた音井さんが、俺達の姿を見て眉《まゆ》をひそめた。

人畜無害をアピールすべく俺達は帽子とグラサンとマスクをパージする。

「いやーちょっと、世を忍ぶ必要がありまして」

「……ぷはっ‼　あっっっつ‼　めちゃくちゃ暑かったんですけどォ⁉」

「クーラーの温度下げていいぞー。リモコンそこー」

「音井さん神ぃ！　ガンガン下げちゃいます！　とりゃりゃりゃりゃりゃりゃりゃりゃ‼」

「おいこらやめろ。急激に寒くしたら風邪ひくぞ！」

「あー！　なんで取り上げるんですかー⁉」

十六連打をキャンセルしてやると、彩羽はぴょんぴょん飛び跳ねてリモコンを奪い返そうとする。

お前は休日の子どもか。

「でー、世を忍ぶって？　アキが熱中症リスクを踏むとか珍しい気がするけどー」

「ああ、それなんですけどね。ほら、月ノ森《つきのもり》社長との契約で――」

真白《ましろ》以外との親密な女性関係がないかを疑われている以上、白昼堂々、彩羽と一緒に街中を歩くわけにもいかなかった。

せめてスパイが解除されたであろう情報を摑《つか》むまでは、万全を期す必要があるのだ。

そうじゃなくても音井さんのスタジオに彩羽と一緒に来てるところを誰《だれ》かに見られるのは、なるべくなら避けたいところだしな。

「――ってわけで、まあしばらくの間、彩羽との関係を疑われるのはまずいんですよ」

「あー、なるなる。そういやそんなのもあったかー」

「この前話したばっかりだと思うんですけど……」

「ふつーに興味ないしなー。ウチは《5階同盟》じゃないからー、その契約の恩恵も、べつにあってないようなもんだしなー」

「まあ、そりゃそうなんですが。……さすが、ドライですね」

そう、これだけ密にやり取りをしているにもかかわらず、音井さんは《5階同盟》の正式なメンバーじゃない。あくまでもBGMや効果音、彩羽の収録周りを手伝ってくれてる外部協力のサウンドエンジニアだ。

仮に月ノ森社長との約束を果たしたとしても、音井さんはハニプレに就職できない。

……まあ正確には本人がそれを望んでないんだけどな。

「会社勤めとか普通にめんどいし、音をいじる仕事はしたいけど、会社員はちょっとなー」

「だからこうして自分のスタジオまで作って、一国一城の主《あるじ》になってる……と」

「スローライフに拠点は欠かせないからなー。あ、小日向《こひなた》。そこのお菓子ボックスに入ってるやつ食べていいぞ。青森《あおもり》土産」

「おおっ、音井さん太っ腹～！　その懐《ふところ》の深さ、湖の如《ごと》しですね！」

「はい、地雷」

「はえ⁉」

思わぬ指摘を受け彩羽の声が裏返った。

表情ひとつ変えない音井さんだが、地雷、と口にしたときはそれなりに機嫌が悪いらしい。

普段は基本的に俺が踏みまくってる地雷だが、今回は珍しく彩羽が踏み抜いた。

慣れてないせいか、彩羽はかなりうろたえていて。

「え、あれ、どれですか？　太っ腹？　懐の深さ？　湖の如し？」

「説明が面倒だから教えないけどー。何とか察しつつ発言には充分気をつけてくれー」

「せんぱぁい……！」

「すがるような涙目で見られても困る」

正解を知ってるなら俺だってここまで爆死しまくってない。

できることといえば地道にＮＧワードをメモしていき、同じ失敗を繰り返さないことだけだ。

以前、「富士五湖《ふじごこ》」が地雷だったときがあるから、今回は「湖の如し」が引っかかったのではないかと思うんだが……うーむ、それも断言するにはまだ情報が足りない。

決して公開されないBAN基準を探るYtuber《ワイチューバー》みたいな手探り感だ。

せめて話題を逸らしてみるか。

「そういえば音井さん、作詞作曲の勉強、捗ってます？」

「んー、何曲か。仮歌までならー」

「あ、聴きたい！　私それ聴きたいです！」

「俺からも、聴けるなら是非お願いしたいですね！」

地雷案件を有耶無耶《うやむや》にすべく――否《いな》、音井さん渾身《こんしん》のクリエイティブに心酔すべく、俺達はビシっと手を上げる。……まあ実際、音井さんがどんな曲を作ったのかは興味あるし。

「まじかー。……そんじゃ収録前に、軽く聴かせるかー」

「わくわく！」

見えない尻尾《しっぽ》をぶんぶん振る彩羽を満更《まんざら》でもなさそうに見た音井さんは、目の前のPCに向き直り、カタカタと操作をし始めた。

音声ファイルが読み込まれ、楽曲が再生される。

まったりしてて、ゆったりしてて、のんびりしてる音井さんの作る楽曲。

癒《ヒール》やしの旋律を期待して、そっと耳を澄ませてみると――。

『VOOOOOOOOOOOOOOOO‼』

——鼓膜が死んだ。

「まさかのデスボイス……だと……⁉」

「ぎゃー⁉　耳がっ、耳がーっ⁉」

「言ってなかったかー？　ウチ、一番好きなジャンルはロックでなー。一度自分でも作ってみたかったんよー」

スピーカーがその身をガンガン振動させて吐き出したのは、地獄のような爆音だ。

それはまさに、悪漢《ヒール》の戦慄《せんりつ》。

デスボから始まりメロディアスな旋律に移行するその暴力的なクサメロに、被害者二名が身悶《もだ》える。

しかし、その曲の真骨頂はここからだった。

「ぐおおおおお、耳から変な汁が……っ。……ん？」

「およ？　こ、これは……！」

俺と彩羽の表情が変わる。

最初こそ予想外の大音量をぶち込まれて死を覚悟したが、その激しすぎる刺激が、だんだんと気持ちよくなってきて。

「あれ？　もしかしてこれ……めっちゃ良い曲なのでは？」

「頭の中でいろんな物質がズンドコ生産されてく感じがします！」

「そーそー。ハイテンポで次々と音をぶち込むことで脳味噌《のうみそ》をくちゅくちゅして、冷静な思考を奪うのが味噌でなー」

自分が作ったものを褒められるのは嬉《うれ》しいのか、間延びした声の中にも、ほんのりと弾みが混じっているように聞こえた。

あの音井さんが。微笑ましい一幕だ。……内容が洗脳じみてて怖いってことを除けばな。

「てかこれ、仮歌は誰が歌ってるんです？」

「ああそれな。俺も気になってた」

彩羽が素朴な疑問を口にすると、音井さんは、んー？　とナマケモノのようなペースで小首をかしげた。

「ウチだけどー？」

「「えっ」」

彩羽と声が重なった。

今もまだ流れ続けてるハイテンポなロックを歌い上げる、ハスキーなイケボ。プロの歌手のような突出したものがあるわけではないものの、音はまったく外しておらず、素直に曲の善さが伝わるぐらいには魅力的な声を聴きながら、目の前の音井さんの姿を見つめる。

相も変わらず、だるーんとした、ダウナ〜な低体温女子がそこにいる。

「や、この声、どっから出てくるんですか」

「何か変かー？」

「変じゃないですけど。むしろ素敵ですけど……」

キャラに合わなすぎるだろう。

普段の音井さんの声量を考えたら、一生分くらいの肺活量《はいかつりょう》を一曲に注《そそ》いでないか？

——と、そんなこんなで音井さんの新たな一面を知りながら、曲をひととおり聴き終えて、数分後。

「ブラボオオオ！　ブラボーですよ音井さん！」

「これは……いい……マジで感動しました」

派手に拍手しまくる彩羽。染《し》み入るように言う俺。

二人に共通しているのは、目の端にそっと浮かぶ涙の粒だ。

「作詞作曲で世界を取りましょう！　ボーカル極《きわ》めてシンガーソングライターもアリなんじゃないですか⁉」

「小日向……や、お前なー、それは言い過ぎだろ」

「１ミリも過ぎてませんよう。目指せ世界の音井！　パーフェクトシンガーOTOI《オトイ》！　発売されたらCD１００枚買いますよ☆　えへへっ」

褒め殺す勢いでそう言って、彩羽は座っている音井さんの肩に抱きつくようにじゃれついた。

その重みで椅子ごと揺られながら音井さんは、あきれた目で俺を見る。

「ウザ……おいアキー、これが噂《うわさ》のウザ絡《がら》みってやつなのか？　初めてお前の気持ちわかったかもー……」

「共感してくれる人が増えて何よりです。まあでもほら、そんなウザいところも――」

悪くないだろ？　と、口の動きでだけ伝えると。

察してくれた音井さんはじゃれつく彩羽の頭を母親みたいに撫《な》でながら。

「ま、そだなー」

と、満更でもなさそうにうなずいた。

すりすりと頬《ほお》ずりしてくる彩羽を優しく押しのけると、音井さんは職人の顔に戻って……あ、うん、表情はほぼ変化してないんだけどニュアンスで理解してほしい……とにかく普段のノリで言う。

「ほら、ついでのサブイベントにうつつを抜かしてる場合じゃないだろ。そろそろ始めるから、はよブースに入れー」

「はーい。私も音井さんに負けないくらい、リキ、見せちゃいますよぉー！」

白い歯を見せてにっと微笑み、むんと力こぶを作る彩羽。

そして鞄《かばん》から取り出した台本を手に元気よく収録ブースに駆け込んでいく。

そんな無邪気な姿を見送って——……。

「彩羽の褒め方は茶化《ちゃか》してるように見えるかもですけど、あれで本気で感動してますよ。……てか、俺も感想で嘘《うそ》ついたりしないタイプですし。……音井さん、めちゃ凄いです」

「……そか」

返事は短く。表情変化はごくわずか。

だけど長い付き合いの俺だけは、音井さんがものすごく嬉しそうだってことに気づいていた。

＊

『香りがする。薔薇《ばら》のように毒々しく、ワインのように馥郁《ふくいく》たる……上質な事件の香りが』

黒龍院紅月《こくりゅういんくげつ》の収録はつつがなく進んでいった。

綺羅星金糸雀《きらぼしカナリア》というスーパーアイドル編集の手で発案され、《5階同盟》が持てる粋《すい》を集めて生まれた集大成のようなキャラクター。

『闇《やみ》の宴を始めようぞ！　……妾《わらわ》の注いだ酒に酔い、かわゆ〜い無様を晒《さら》すがいいぞ♪』

中二病少女の魅力とウザかわ系の魅力、光と闇の融合により最強となったキャラが、彩羽の熱演で実在感を与えられ、より鮮明な像を結んでいく。

『誰も孤独など好まぬよ。妾が孤独を愛せるのは、ただ妾が人よりも遥《はる》かに強い存在だからでしかないのでな』

音響機器を扱う音井さんも、いつの間にやら前傾姿勢になっていて。実は結構猫背なんだなっていうのが見えてしまったりもして。

『褒めて遣わす。妾の心の最奥に手を伸ばしたのは、汝《なんじ》が初めて。盟約の下、この身すべてを捧《ささ》げると誓おう』

収録の時間は、濃密で。刺激的で。世界が一分間の長さを忘れてしまったかのように、物理法則を無視して過ぎ去っていく。

『——なんての♪　何を期待しておるのじゃ、へ・ん・た・い♪　うりうり♪』

ああ、やっぱり、そうだよな。魅力的なんだよ、このキャラ。

だからここ最近俺の中で異様な熱を帯びて渦巻いてる、使命感にも似た感情は、絶対に間違ってないと確信できる。

彩羽の、ウザくて可愛《かわい》い魅力を、多くの人と共有したい。こんな彩羽を受け入れてくれる、親友ができてほしい——……。

エゴに独善、余計なお世話。俺のこの感情や行動に対するマイナスの呼び方は数多あれど、それでも尚《なお》、止まる気になれないあたり、これはもう俺という人間の性《さが》みたいなモンなんだろう。

悪いな、彩羽。

お前がどう思おうと関係なしに、ウザく、しつこく、プロデュースさせてもらうからな。

＊

収録を無事終えて。

時計の針は夕方5時まで最終コーナーを回ったところ。地下にいると時間の感覚がくるってしまうが、外はおそらくもう空が赤くなり始めた頃合《ころあ》いだろう。

ブースから出てきた彩羽はスッキリしたような、満足げな顔をしていた。今日の仕上がりは最高に素晴らしいと思ったが、本人も同じ手応えを感じているんだろう。

荷物を手早くパパっとまとめ、彩羽は俺達をくるりと振り返る。

「それじゃ私は先に行きますね。友達と待ち合わせなんで」

「おう。楽しんでこいよ」

「センパイこそ。童貞さんなのに真白先輩をちゃんとエスコートできるんですかぁ？」

「お前に心配される筋合いはねえよ。映画や漫画で予習済みだ」

「うわ駄目そー（笑）」

「うっせ。……いいからはよ行け」

上手にデートする自信なんざあるわけない。

もっとも今日の偽装デートは真白プロデュースなわけで、どちらかというとエスコートされるのは俺の方なんだけどな。

……っていうか、俺が頼りないから真白も自分でデートをセッティングしようとしたのか？

もしそうなら嫌すぎるが……うん、あんまり気にしないでおこう。

「はーい。……じゃ、行ってきます！」

「ああ、またな」

「いってらー」

俺と音井さんが軽く手を振ると、彩羽は一瞬だけ後ろ髪引かれるようにちらっとこっちを見てから、スタジオを出て行った。

「アキは行かないのか？　月ノ森と約束してるんだろ？」

「ええ。待ち合わせ時間までちょっと時間あるんで。あと、変装解いた状態で彩羽と歩いてるところを社長の手の者に見つかったら大変ですから」

「なるー。それで時間ずらしてるのな」

納得したとばかりに言いながら、うっそりとお菓子ボックスに手を伸ばしチュパドロを手に取る音井さん。包み紙をほどいて、口に棒を突っ込み、ざらざらした舌の上で飴《あめ》玉をなぶる。……ちなみに、ざらざらって表現はあくまで想像なので何のエビデンスもない。

「嘘ってしんどいなー。いろいろ考えなきゃいけなくて」

「念のため、ぐらいの措置ですけどね。本当なら現場で彩羽のグループを見つけやすいように、一緒に行くクラスメイトの顔ぐらいは事前に確認しとこうかとも思ったんですが」

「んー？　なんだ、結局小日向のこと尾行するのか？」

「祭りの最中に見かけなければ諦《あきら》めるし、見つけたらそのまま尾行を開始できれば……と」

「おー。いい感じにクソ野郎だなー」

「ひどっ……音井さんが言ったんでしょう、ストーキングしたらどうかって」

「やー、そこじゃなくてさー」

ちゅぽん、と口から抜いたチュパドロで軽く円を描きながら音井さんは。

「月ノ森はアキのこと好きなんだろー。自分を好きな相手と一緒に他の女を尾行とか、結構なクソ野郎ムーブだと思うんだよなー」

「う……」

結構、鋭い指摘をしてきた。

「やっぱ、そう、ですよね。ニセのデートとはいえ、俺との時間を楽しみたいって……」

「思うだろうなー」

「なら俺は、彩羽のことは気にせず、真白が望むようなデートをすべきなのか……？」

「それはそれで最低だなー。自分を曲げてサービスするってことは、その気もないのに口説《くど》くのとあんま変わらんしー」

「どうすりゃいいんだ、これ……」

「その環境を作っちゃった時点で、だいぶ詰んでるっぽいー」

「うぐぐ」

――実際、音井さんの言う通りなんだ。

ハニープレイスワークスに《5階同盟》を丸ごと就職させたいってのも。

彩羽に親友を作りたいってのも。

全部が全部俺のやりたいことで、言い訳できないほどに俺のエゴ。

真白の告白を断ったくせに、自分の都合でニセ恋人同士っていう、なあなあの関係を続けてしまっている。

さらに事態を複雑にしているのは、真白自身がその関係の継続を望んでいることで。

先延ばしにしてもらえることに、俺は甘えてしまってるんだろうか？

「告白は断ったんだっけ？」

「ええ、まあ。彩羽や音井さんとの約束もありますから。青春のすべてを捧げるって」

「なるほどなー。で、今の中途半端《ちゅうとはんぱ》な関係ってことかー」

「正直、真白に対して罪悪感っていうか、申し訳ない気持ちはあるんです。でも、それじゃあどうしたらいいんだって問いかけると、全然答えがないっていうか」

今は恋人になれない、恋愛のことは考えられない……と、自分なりに精いっぱい、誠実に答えを返したつもりだった。

だけど真白は諦めないと言い、ニセ恋人関係は契約の都合で解消できない。

挙句の果てに夏休みに入ってから、影石村《かげいし》での儀式や海での出来事を経て、彩羽に対して妙な想《おも》いを抱きかけてしまったり、自分でも自分の感情の行き先がわからずにいる。

見ようによっては真白の気持ちを知りながら、都合よくキープしているような形にもなってしまっているわけで。

もちろん、まったく全然そんなつもりはないんだが。事実だけを書き出すと、言い訳の余地などセメントで軽く塗りつぶされてしまう。

「こんな状態で、俺は真白にどうしてやるのが誠実なんですかね。告白をなかったことにして、気にせずナチュラルに振る舞うべきか。それとも真白を喜ばせるように、傷つけないように、気をつけるべきか」

「んー、そだなー。まーウチは恋愛とかそういうの詳しくないけどー」

灯りを反射して、てらてらと輝く飴玉の先端を見つめながら、音井さんはすこし考えて。

それからのんびりした口調のまま、抑揚のなさからは予測不能な重い一撃を叩《たた》き込《こ》んできた。

「大人しくクソ野郎のレッテルを貼られておくのも漢気なんじゃないか？」

頭をハンマーで殴られたような衝撃なんていうありきたりな比喩が今ほどしっくりくる瞬間もなかなかない。

言葉の意味を咀嚼《そしゃく》して茫然としている俺に説明の言葉を探しているのか、音井さんは、あー、と生まれたてのゾンビみたいな声を漏《も》らして思案する。

「詰み、っていうかー。この状況になった時点でクソ野郎は不可避じゃんかー」

「まあ……そうですね……」

「なら、良い顔をしようとしなさんなー」

「あー……それも、そうだなぁ……」

真白を傷つけたくない。誠意を持って関係したい。そんな願いには、この期《ご》に及《およ》んで許されようとする浅ましさが見え隠れしている。

真白の本当の気持ちを知りながら、それでも尚ニセ恋人として振る舞い続けることは、最低なクソ野郎の行いだけど。

そんな中でもせめてマシな人間として振る舞いたいなら。

真白への後ろめたさ、罪悪感をちゃんと持ち続けたまま、悪人でい続けること――……。

それが今、俺が俺自身のやりたいことに全力を出しながら真白と向き合う、唯一の答えなんだろう。

「ありがとう、音井さん。なんとなく俺の取るべきスタンスが見えてきた……気がする」

自信はないけど。

恋愛感情とか青春とか触れないまま十七年生きてきたんだ、自信なんてあってたまるか。

「さすが恐山《おそれざん》で作詞を学んだ女。言うことが深い」

「馬鹿《ばか》にしてるのかー？」

「しませんて。そんな恐ろしいことできません」

冗談めいた咎《とが》めに対し、俺も茶化した笑みで返す。

……真白との偽装デートで俺は自分がどんな感情を抱いてしまうのかはわからない。どんな感情を抱くのが正解なのかもわかるわけがない。

だけど一見非効率的な欲望や恋愛感情、青春といったものが《５階同盟》のプロデューサーとして一皮剝《む》けるために必要なのだと学んだ今――これまでよりも真剣に、真白という女の子を正面から見つめるべきなんだろう。

月ノ森社長との約束があるから、本当に付き合うとか、そういうわけにはいかないにしても。

せめて自分の気持ちの在り処《か》ぐらいは把握できるようになりたかった。

「あーでも、いくらクソ野郎でも避妊はしようなー？」

「さすがにそこまで堕《お》ちる気はねえよ！」

＊

『骨は拾うからね』
『死ぬこと前提の励ましはやめろ』
『あ、でもボートで流されたら骨すら回収できないかも』
『後世にまで伝えられるレベルの痴情のもつれはさすがにない……と、信じたい』

第６話……ニセモノの彼女が俺にだけ浴衣

日の入り間近な空の下。生温《ぬる》い空気の中でも数秒、数十秒に一度くらいの間隔で肌を吹く風の冷たさが心地好《よ》い。催し物には絶好の日和《ひより》と言えた。

駅前の通りには浴衣姿の若者が大勢歩いている。夏祭りの開催時刻が近づいているのもあって、何の変哲もない地方都市であるこの街にもどこか浮かれた空気が充満していた。

——人生を非効率に生きてる奴《やつ》らめ。

今までの俺だったら、賑《にぎ》わう街並みを眺めて出てくる第一声はそれだっただろう。一時の、泡沫《うたかた》みたいな楽しみや快楽のために、長い人生トータルで見たときに損をする。そんな連中へ冷ややかな眼差《まなざ》しを向けていただろう。

だけど今の俺《おれ》には、そんな愚かな大衆を批判する権利など持ち合わせていなかった。

何故《なぜ》なら。

「悪い、待たせた」

「ううん。……真白《ましろ》も、今来たところだし」

駅近くの雑居ビルの一階でそんなテンプレ合流会話を交わしてる俺達は、愚かな大衆の条件を満たしてしまっているから。

傍《はた》から見れば完全にただのカップルだよなぁ、俺達。

月ノ森《つきのもり》社長の監視役よ、いまこの光景はしっかり見てくれ。いまだけは居てくれた方が都合がいいからな。

「それじゃ、行くか。場所は……」

「この上」

雑居ビルの狭い入り口から中に入る。階段はあるけど荷物が積まれて通れないようになっていて、消防法的にどうなんだと疑問を抱きながら小さなエレベーターに乗って八階へ。

『浴衣レンタルＩＭＯＫＯ《イモコ》』

と、表札が出ている店に、同年代から大学生くらいにかけての客が詰めかけていた。

びっしりと密集した人、人、人。

まだ夏祭り本番でもないのにすでに窮屈な思いをしなきゃならんのかとげっそりしてしまう。

「うわ、マジかこれ……。順番、回ってくるのか？」

「大丈夫。事前に予約してあるから。時間通りに案内してくれる、はず」

「あー、このお客さん、ほとんどが当日飛び入りなのか」

「うん。安心して、アキ。真白は愚かなリア充《じゅう》たちみたいなミスは、しないから」

ちょっと得意げに口の端を上げてそう言うと、真白はぐっと親指を立てる。

それから真白は、ごく自然な感じで片手を出してきた。

「ほら、行こ」

「え？　あ、ああ……」

導かれるままに、その手を取ってしまう。

……や、やわらかい。

こんなにしっかり真白と手を握り合ったのは何年ぶりだろうか。

小学生の頃に繋《つな》いだときはとても小さく感じた真白の手は、今でもやっぱり小さかった。

そりゃそうか。真白と同じペースで俺も大きくなってるんだから。

真白が俺の手を引き歩き出す。

「と、通ります。予約、してるんで。……あっ、ごめんなさい」

人が大勢いる中を泳ぐように掻《か》き分《わ》けていく。

ビクビク、おどおどしながらも、だけど過度に譲りすぎることもなく、小声でありながらもハッキリと自己主張をする真白。

……正直、驚いた。

真白はこういう人混みが苦手だと思っていたのに、いつの間にこんなことできるようになったんだろう。

「あんまり無理するなよ。何なら俺が――」

「大丈夫。今日は真白が、エスコートするんだから」

「お、おう。そうか」

譲る気はないようで、俺が真白の前に行こうとすると、張り合うように真白が前に出る。

人混みの恐怖を克服できてるわけじゃないはずだ。それは、繋いだ手から伝わる震えが雄弁に語っている。

……もちろん指摘なんてしないけど。

そうして苦節数秒、俺達はどうにか無事に受付まで辿《たど》り着いた。

身分証明書——学生証を提示して本人確認を済ませると、ニコニコと微笑む女性スタッフが早速畳まれた浴衣を手に、裏の着付けスペースへどうぞと促した。

「あれ？　サイズやら柄は……」

「予約のときに事前に申告しておいたから。アキは何も気にしなくて大丈夫」

「おおっ、準備がいいな」

「デザインはアキが好きそうなやつだし、サイズもピッタリのはず」

「なるほどそれは嬉《うれ》しいな。……ところで採寸した覚えがないんだが、サイズはどうやって」

「真白イヤーは地獄耳だし、真白アイなら測定余裕」

「そこはかとなく怖さを感じるんだが……」

真白カッターが何を砕くのか非常に気になるところだが、突っ込むのはやめておこう。

「まあでも話が早いのは素直に助かる。時間短縮。効率的だ」

「でしょ。アキならそう言うと思った」

真白はくすりと笑った。その笑顔を見ていると、転入当初はあれだけ硬かった真白の表情もずいぶんとやわらかくなったもんだと、感慨深い気持ちがこみ上げてくる。

そうしてスタッフさんに導かれるまま、俺は男性用、真白は女性用の着付けスペースへ。

服を脱ぎ、肌着の上から浴衣を羽織《はお》る。

基本的には一人で着られたが、合わせ目や帯の部分だけはしっかりと見てもらい、みっともない着崩れをしないよう調整してもらえた。

鏡に映った自分の姿を見て苦笑する。馬子にも衣裳という文字が顔の横に浮かんで見えた。

「これが俺の好きそうなやつ、ねえ。ははは……」

鏡の中の自分が着ている浴衣のデザインを見て、思わず自嘲《じちょう》気味の笑みが漏《も》れる。

紺地に質素な縞《しま》模様。極《きわ》めて単純で、何の特徴もない。可もなく不可もなくの具現化。

まるでどこかの誰《だれ》かさんのようなデザイン。

「でも確かに真白の言う通り、俺、こういうの好きだな……」

これ以上派手なやつは当然似合わないし、これ以上地味でも気に入らなかったと思う。

シンプルだけど、さりげなく上質。それぐらいが肌に合う。

季節柄か、夏休みに入ってからやたらと和服を着る機会が多いのだが、真白に選んでもらった浴衣だと意識しているせいなのか、不思議と新鮮な気持ちになれている自分がいた。

「なかなか高性能じゃないか、真白アイ」

人知れず感心し、俺は着付けスペースから出てきた。

ちなみにこの浴衣レンタルの店では荷物も預かってくれるらしく、今手にしているのは貴重品を入れた巾着袋だけだ。

風情《ふぜい》重視、ごてごてした荷物など持たないミニマルスタイル。

そんなところもなかなかどうして性に合う。

「真白は……まだか。まあ、女の子の方が時間かかるよな」

待合スペースに真白の姿がないので、とりあえず椅子《いす》に座ってボーっとする。

そういえば、ボーっとするとか、何ヶ月ぶりだろう。

ここ最近はずっと『黒き仔山羊《こやぎ》の鳴く夜に』のことで脳の八割が常に働いていた。

新キャラの収録も終わってひと息つき、ちょうど緊急で考えなくちゃいけないことがひとつもないタイミング。

彩羽《いろは》に親友作ってやりたいとか、真白との偽装デートを成功させなきゃとか、考えることがないわけじゃないけど。でもそれは仕事100《ひゃく》ではなく、青春、息抜き、これまでの俺が、無駄と切り捨ててきた内容を含んでいる。

店内の人混みを目的もなく眺めていると、これまで意識的に遠ざけてきた世界が、やたらと近くに見えた。

あの大学生の浴衣の着こなし、カッコイイなぁ……とか。

陽《よう》キャっぽい女性も和装をすると自動的に大和撫子《やまとなでしこ》ポイントが上がるんだなぁ……とか。

俺の方に向かってやたらと美人な女の子が歩いてくるなぁ……とか。

その子が俺の前で立ち止まると、頬《ほお》を赤く染《そ》めながらもじもじと体を揺らしているなぁ……とか。

「お、おまたせ。ど、どう、かな。アキ。これ……に、似合って、る……?」

美人というか真白だった。

「…………」

「あ、アキ? な、なんで黙ってるの?」

「……え、あ、すまん。や、なんというか、その……ビックリした」

真白の姿を上から下まで茫然と眺め、気の抜けた声を漏らしてしまう。

第一印象は、雪女。

白地に月見草が謙虚にちょこんとあしらわれた、上品なデザイン。

カラフルでトロピカルでフルーティーな柄が流行《はや》る昨今にしては地味とさえ思えるそれは、しかし真白の本来持っている清楚《せいそ》で大人しい魅力を程よく引き立てていた。

丁寧に編み込まれた髪に、そっと添えるだけのかんざし。

襟《えり》から覗《のぞ》く首筋。貝殻を思わせる小物入れを持った細い手首。下駄《げた》を履《は》いた素足、くるぶし。

そのすべてが、静かな色気を発している。

本能に直接殴りつけてくるような暴力的な魅力とは違って、それはそっと血管に忍び込み、徐々に全身を蝕《むしば》んでいく毒のような美しさ。

峰深き雪山、吹雪《ふぶき》の中で遭難した男を山荘に迎え入れ、その精気を喰《く》らう雪女がいるとしたら、こんな感じなのかもしれなかった。

「か、感想も言わずに凝視するのやめて。は、恥ずかしいでしょ」

「す、すまん。あまりにも綺麗《きれい》だったから、つい」

「〜〜〜〜〜〜っ⁉ す、ストレートに褒めるのも禁止。恥ずか死なす気……⁉」

「ああっ⁉ 重ね重ねすまん！」

顔を真《ま》っ赤《か》にして怒る真白に平身低頭。ばか、しね、というか細い罵声《ばせい》とともに、小物入れでぺしぺし殴られる。

声に悪意も敵意もないし、小物入れも財布の重みくらいで大して痛くもないからいいんだけど。

「ねえあのカップル。すっごく仲良さそう」

「高校生かな？」

「初心《うぶ》っぽくてカワイー♪」

「…………………」

「…………ッ」

むしろ一番痛いのは周囲の視線だった。

「も、もう行こっ」

「ああ」

注目を浴びてることに気づいた真白は赤くなった鼻頭を隠すようにうつむくと、その細い腕からは信じられないほど強い力で俺の手を引く。

店に入るとき以上に強引《ごういん》に人の波を押しのけて、俺と真白は『浴衣レンタルＩＭＯＫＯ』を飛び出した。

エレベーターなんか待っていられない、一刻も早くこの場を去りたいとばかりに真白は階段を気持ち早足で降り始める。

八階から一階まで。

慣れない履《は》き物《もの》のせいか、ときどきバランスを崩して転びそうになってみたりしながらも。

階数がひとつ減るごとに、照れと恥ずかしさで強張《こわば》っていた真白の表情は解《と》けていき、やってることの荒唐無稽《こうとうむけい》さが可笑《おか》しくなってきたのか、あははと笑みさえこぼれだした。

一階に積まれてた荷物の脇《わき》、ほんのすこし空いた隙間《すきま》をカニ歩きですり抜ける。

真白の後から同じ格好で通ると、待っていた真白が笑顔を向けてきた。

「何か、楽しいね」

「自由すぎる気もするけどな」

「そういえばここ、通れないようになってたんだっけ。真白たち、アウトロー?」

「ま、大丈夫だろ。消防法的に照らし合わせたらここは本来通れなきゃ駄目なんだし」

「そか。じゃ、合法カップルだね」

「カップルて」

「だめ」

反射的に否定《ひてい》しようとした俺の鼻先に真白の人差し指が添えられる。

「今日はカップル、でしょ?」

「そうだったな。……my baby《マイベイベー》」

「それはやめて」

ショートニセ恋人のネタは歴史の闇《やみ》に葬られたらしい。

賢明な判断だな。うん。

＊

この地域に何年も住んでいるというのに、夏祭りの風景はやたらと懐かしく見えた。

マンション5階――小日向《こひなた》家の隣に引っ越す前、両親と同居していた頃からここらに住んでいたが、月ノ森兄妹と疎遠になってからは一度も夏祭りに顔を出していなかった。

引っ越した経緯や両親の現在については……まあ、今は関係ないので省略しておく。

屋台で盛り上がる商店街の先にでんと構える大きな鳥居、ふてぶてしい顔をしたウザい狛犬《こまいぬ》二匹の間を抜け、すこし階段を上がると色とりどりの提灯《ちょうちん》で飾りつけられた境内がお出迎え。

広い境内は大勢の人と屋台で埋め尽くされ、広場の方からは地元の有志による祭囃子《まつりばやし》が聴こえてくる。

若者ウケを狙《ねら》っているのか発売されたばかりのハニープレイスワークスの大人気シリーズ、グランドファンタジー7リメイク（紫式部《むらさきしきぶ》先生が最近めっちゃハマってるやつ）のテーマ曲をアレンジした、オリジナルな祭囃子だ。

特徴に乏しい地方都市の数少ない見せ場なのもあり、なかなかに気合いの入った雰囲気だ。

道行く人々には声の大きい奴らも多く、基本属性が「闇」とか「陰」とかに属する俺と真白は、圧倒されたように立ち尽くしていた。

「まったくアド取れる気がしないんだが。これ、どうやって立ち回るのが正解なんだ？」

「ま、待って。確か238枚目に攻略法が」

「いちいち調べるのはしんどすぎるだろ。……てか、やっぱ後ろの2枚だけで良かったよな」

スマホを取り出しデートプランの文書ファイルを検索する真白。

しかしこれだけ人の流動が激しい場所で立ち止まっていれば、当然起こることとして。

「ひゃっ!」

「あぶなっ……おー、ナイスキャッチ」

「あ、ありがと。反射神経いいね、アキ」

肩をぶつけられて落としかけたスマホをとっさに空中で受け止めてやると、真白はホッとした顔で褒めてきた。

「なんとなくありそうな事故だと思ってたからな。体が準備できてた」

「む……。少年漫画の主人公みたいでカッコイイ。何か気に入らない」

「何でだよ。そこは素直に褒めるところじゃないのか?」

「嫌。アキがカッコイイとか、生意気」

むくれた顔をふんと背《そむ》ける真白を見ていると、コイツは本当に俺のことが好きなんだろうかと首をかしげたくなってしまう。

すると真白は突然ハッと気づいたように目を見開いて、天敵を警戒するリスみたいに辺りを見渡した。

「月ノ森社長のスパイを探してるのか? 今のところそれらしい視線は感じないけど」

いるのは浴衣姿の客と、夏祭り運営スタッフであろう屋台で呼び込みをしてるおっさん達。

正直、ここまで人でごった返していると、この中に監視役の人物が交ざっていたとしても、まったく気づける気がしない。

そう思っての質問だったが、どうやら関係なかったらしく、真白はふるふる首を振った。

「ちがう」

「それじゃ何を探してるんだ？」

「微《かす》かに見覚えのある人が、たまにいるような。学校で一瞬だけすれ違っただけの人とか」

「まあ街の有名な祭りだしな」

「大変……アキと一緒のところを見られたら、噂《うわさ》されちゃう。は、恥ずかしい……！」

「お前は今日何のためにデートに来たのか忘れたのか？」

少女漫画の主人公が如く沸騰しそうだよぉ～！　な顔で両頬を手で押さえる真白に、俺は素でツッコミを入れた。

もともと周囲の人間に俺達が恋人同士であることをアピールするための偽装デートなのだが、手段と目的を完全に見失っていやがる。

……真白の気持ちを考えたら、それも当然の反応なのかもしれないけど。

「そ、そうだった。もっとイチャイチャしないと」

「いや、そこまで露骨にやらなくても──」

「イ・チャ・イ・チャ・す・る・の」

「……うっす」

ドスの利《き》いた声で押されたら、頷《うなず》かざるを得なかった。

それから俺と真白は同級生に目撃されるために屋台を隅から攻略していくことにした。

まず最初に「あれ行こ」と真白が指をさしたのは、金魚すくいの屋台だ。

子ども達がつぎつぎと挑戦しては失敗し、ねじり鉢巻きの強面《こわおもて》のおっさんに穴のあいたポイを押しつけて文句を言っている。

小馬鹿《こばか》にするような顔の出目金が水槽の中を悠々と泳いでいるのが絶妙に腹立たしい。

「懐かしいなぁ金魚すくい。あれ、欲しいのか？」

「うん。シーフードの可愛《かわい》さは、マリアナ海溝よりも深し」

「フード言うな。味が好きなのか見た目が好きなのかどっちかにしてくれ」

「食物連鎖の下位に位置する儚《はかな》さ、尊さも含めての可愛さだから……」

「独特の感性すぎてわからん……。まあ、欲しいなら取ってやるぞ」

小学生の頃からこの手の遊びはそこそこできた。

一発でクリアできるような凄腕《すごうで》ではないが、失敗原因を分析して、改善を繰り返していけばいずれ必ず取れる。それでだいたいアベレージ五分五分の結果を出せるんだから、金魚すくいはなかなか優れたゲームバランスだと思う。

前にも金魚が取れずにむくれる真白の代わりに取ってやったことがあったなぁと、懐かしさに浸っていると――……。

「大丈夫。真白、自分で取れるから」

一流のギャンブラーの登場演出のように顔の横で百円玉を構え、真白は力強く言い切った。

おや、いつの間にそんなに器用になったんだ？　と疑問に感じたものの、本人ができると言うのだからできるのだろう。

そう思って俺は、よし頑張れ、とその背中を押した。

十分後――百円玉は十枚溶けていた。

「なあ兄ちゃん……彼氏なら、止めてやったらどうだい？」

儲《もう》けてるはずの屋台のおっさんですら、罪悪感からそんなことを言ってくる。

ごもっともだった。

「ですよね……。なあ真白。そろそろその辺にしておかないか？」

「やだ。おじさん、もう一回」

「千円以上の出費は行き過ぎだって！　金魚にそこまでする価値があるのかもう一度考え直してだな……」

「お金ならある。まったく惜しくない。ここで突っ込むのをやめたら、むしろ払ってきた百円達が浮かばれない……！」

「排出率1％のＳＳＲが出るまでガチャを回し続ける奴みたいになってるぞ」

「何言ってるの、アキ。当たるまで回せば排出率は100％」

「だから作家特有の一瞬納得しそうになるゴリ押し理論はやめろ！」

「離して！　真白は絶対に、止まらないから！」

「なんという威勢。金持ちの家のお嬢さんは違うってことかねえ……よっしゃ、おっちゃんも腹をくくった。カノジョさんの漢気《おとこぎ》に応《こた》えるぜ、新しいポイを受け取りな！」

「おじさん、助かる……！　見ててアキ。これが真白の、覚悟……！」

俺の必死の制止もむなしく、真白は新たな百円と引き換えに新たなポイを受け取った。

そして──。

その後も数多の百円玉が天へと召され。

途中から吹っ切れて千円札で十回挑戦権を買うという新たなビジネススキームを生み出し。

だいたい、一度に購入できる有償課金石の上限ＭＡＸくらいの出費に差し掛かったとき──。


「と……取ったぞ───っ！」


金魚の入ったお椀《わん》を頭上にかかげて、真白は勝ち鬨《どき》を上げた。

傍《かたわ》らには破れた無数のポイが死屍累々《ししるいるい》と積み重なり、その戦いの壮絶さを物語っている。

彼女の死闘を見守っていたのは、もはや俺だけではなく。

おおおおおおおお‼　パチパチパチパチ……‼

珍妙な光景に引かれて寄ってきて、固唾《かたず》を呑《の》んでいた観客たちも盛大な拍手を送ってくれた。

下手も過ぎれば芸となる。

どんくさくて不器用ながらも見る人の視線を釘付《くぎづ》けにせずにはいられない……そんな魅力が真白の持ち味なんだろうかと、プロデューサー心がすこしだけくすぐられた。

「アキ、見てた⁉　真白、取ったよ！」

「ああ、しっかり見てたぞ」

何十連敗もしてたところも、しっかりな。なんて、真白の喜びっぷりを見ていると、そんな意地悪な発言をする気もなくなるけど。

「フッフッフ。どう？　アキに頼らなくても取れるんだから。真白のテクニック……で……」

ドヤ顔で金魚を見せびらかす真白の声が徐々にかすれていく。

自分に注《そそ》がれる、無数の温かい眼差しに。

「……って、ぎゃ、ギャラリー……⁉　あ、あの、その……み、見ないで……ください……」

空気の抜けゆく風船のように真白はしおしおと縮こまってしまった。

俺以外の人に対して限定、引っ込み思案体質。またの名を対俺限定、塩対応体質。

子どもみたいなはしゃぎっぷりからの乙女な照れ方は観客のウケがすこぶる良かったらしく、ますます拍手と歓声が湧《わ》き上がる。

こちらの盛り上がりに嫉妬《しっと》したのか祭囃子の有志たちも張り合うように太鼓の音量を上げてきて、相乗効果でさらに人が集まってきたりして。

意図せず注目のド真ん中に立たされた真白は、いよいよ顔の紅潮も臨界点。

店の人から金魚袋を受け取るや俺の手をがしっと掴《つか》み。

「て、撤退！」

讃《たた》えられし英雄としてはあまりにも小者じみた姿勢で俺達は、歓喜に沸く観客の隙間を縫うように逃げていき、大衆の中に溶けていった。

俺の存在感の薄さも、このときばかりは役に立ったのかもしれない。

……使える場面が限定的すぎて、ホントいらんスキルだなこれ。

＊

とまあそんなこんなで俺と真白の偽装デートは、順調に周囲から理想のカップルとして大いに認識される結果を残していった。……より正確に言うと、面白《おもしろ》いことやってる変なカップルがいるぞと、珍獣的な知名度を獲得しつつあった。

主に真白の功績で。

最初の金魚すくいは氷山の一角、面白エピソードの入り口でしかなく。

その後も真白は射的、輪投げ、ペットボトルを使ったミニボーリング等、屋台でやってる、ありとあらゆる景品獲得ゲームに挑戦し続けた。

不器用で運動神経も鈍くてどんくさい真白は当然、そのいずれにも苦戦を強いられた。

だが、その度に金の力で——もとい、諦《あきら》めない不屈の精神で勝利を掴み、望んだ景品を入手し続けた。

今、真白の手には大きな手提《てさ》げ袋《ぶくろ》が下がっている。中に詰め込まれているのは、海洋生物のぬいぐるみやグッズやらの、真白が諦めずに挑戦し続け手に入れた血と涙と努力と金の結晶。

そう。真白は、自分の欲しい物を決して俺に取らせなかった。

明らかに俺に投げた方が安く、効率的に、景品を手に入れることができただろうに。

真白にも小学生の頃の記憶があるはずで、俺もべつにたいして上手《うま》いわけではないものの、真白自身が挑戦し続けるよりはよっぽど勝率が高いのはわかっていると思うんだが。

しかも荷物持ちも俺にさせる気はないらしく、大きな紙袋を自分ひとりで持ち運んでいる。

……何かの縛りプレイなんだろうか？

俺をエスコートするんだと豪語していたが、まさか本当に最後までそれを貫くつもりか？

だとしたら、すごく……申し訳なく思えてくる。

真白は俺が好きで。俺の気を引きたくて。俺と一緒の時間を楽しもうとしてくれてる。

それなのに俺はあくまでもドライに《5階同盟》のために、偽装デートをこなしているだけと認識してる。

もし音井《おとい》さんに言われた通り、クソ野郎のレッテルを貼《は》られるにふさわしい男として振る舞うには。

せめて俺もこのデートを素直に楽しんで、真白にも楽しんでもらえるように。

仮初《かりそめ》でもいいから、目の前の女の子を笑わせることを考えるべきなんだろう。

――と、俺が真白に対し、渾身《こんしん》の彼氏面をしようと決意した、まさにそのときだった。

「お、おおおおお、大星《おおぼし》くん⁉」

予想外の人物とエンカウントした。

ひととおり景品を集め終えて、熱々のたこ焼きを屋台で仕入れた直後。

真白がつまようじに刺した、ほかほかの湯気を上げるそれを、彼女面であーんと俺の口の前に差し出した、芸術的なタイミング。

よりによってそのシーンを目撃したのは、一番めんどくさいタイプの奴だった。

「おー……奇遇だな、翠《みどり》部長」

「あ、うん、こんばんは。……っていやいや、何普通に挨拶《あいさつ》してるの⁉」

熟練を感じさせるノリツッコミは、みんなご存知、我らが演劇部の部長、影石翠《かげいしみどり》だ。

地味ながらも女の子らしい可愛げも意識した浴衣姿、固く結んだ帯紐《ひも》が几帳面な性格をよく表している。

菫《すみれ》の妹であり流石《さすが》は教師一族の末裔《まつえい》と言うべきか頭も良く、テストでは、入学当初から一度も欠かさず全教科満点を取り続けているモンスター優等生である。

演劇部の面々で遊びに来ていたのだろう、彼女の後ろには浴衣姿の女子部員たちがいて、こんにちはーと言いながら笑顔で手を振っていた。

「え？　あれ？　な、なんで月ノ森さんと一緒なの⁉」

「あーいや、これはだな。なんて説明したものか……」

俺が説明に困っていると、演劇部員のひとり（確か名前は山田《やまだ》さん）が助け船を出してくれる。

「ミドリ部長、知らなかったんですか？　大星君と月ノ森さんって、付き合ってるんですよ。二人のクラスではそこそこ有名な話なんですけど」

「そうなの⁉」

ドウェイン・ジョ●ソンに握りつぶされたカエルみたいな声で驚く翠。

……もしかしてさっきの助け船、火薬がしこたま積まれてたんじゃなかろうか。

「待って。そんなのおかしいよ。だって、だって――」

ここでひとつ大切な話をしよう。

全国屈指の優等生であるところの影石翠には、たった二つだけ致命的な弱点があった。

ひとつは、演技が壊滅的にヘタクソだということ。

そしてもうひとつは——頭が良いくせに、絶妙にアホだということ。

「大星君、超有能なハリウッドプロデューサーで、お姉ちゃんと婚約までしてたんでしょ⁉」

しまったああああああ複雑な情報を整理できてない奴がここにもいたああああああ‼

真白のニセ彼女設定をどこにどこまで情報共有をしていて、誰が誰をどう認識しているのかの管理がガッタガタであることについ最近、真白との会話で気づいた俺だったが——……。

翠にはさらに、菫イコール紫式部先生である事実を隠したまま演劇部を助ける必要があったため俺の設定が無限に膨らんでいるのだ。

「し、し、し、信じられない！　お姉ちゃんを手籠《てご》めにするだけじゃ飽き足らず、月ノ森さんと二股《ふたまた》なんて！　こ、このっ……極悪《ごくあく》プロデューサー‼」

「ばっ……声が大きい！」

「むぐ⁉」

俺はあわてて翠の口をふさいだ。

べつに俺自身の不名誉な称号がいくら広まったところで構いやしないが、月ノ森社長の放ったスパイに万が一にも聞かれたら大問題。リスクは最小限に留《とど》めておきたかった。

脳味噌は大きいだろうに意外と小さい翠の頭、俺の手のひらでも充分に口を覆《おお》うことができた。やたらと体温が高いのか、じゅぅ……っと鉄板で肉を焼くような音が聞こえそうなほどの熱を感じ、手のひらがしっとりと湿り気を帯びていく。

……絵面的になかなか犯罪指数が高いな、これ。

俺の感覚は客観的に正しかったらしく、演劇部員たちからわっと黄色い声が上がる。

「おー、大星くん大胆ー」

「きゃーミドリ部長が襲われてるー、これあれでしょ？　いつも突っかかってくる委員長気質の生意気な女をわからせてやるってジャンル！」

「スタ映え、スタ映え」

「勝手に撮るな。あと、SNSアップはマジでやめてくれ。肖像権あるから。俺はフリー素材じゃないから」

「むぐー！　むぐー！（そうだよ見てないで助けてよ犯される！）」

「犯さねえよ。こんな衆人環視の中でヤる奴がいたら一周回って勇者だっての」

「むぐぐ！　むぐぐぐ！（お祭りは大昔は公共の盛り場だったんだから。クリスマスが輸入されるまでは一年で最もセックス件数が多い日だったと言っても過言じゃないでしょ！）」

「お前よく視線だけでそれだけの情報量を伝えられるな」

あとその豊富な性知識、やっぱりコイツ、実はかなりの変態なのではなかろうか。

もともとそうなんじゃないかと自信はあったが、今、それが確信に変わりつつある。

「むぐー！　むぐ……むー……（どうしても離す気がないなら、その……嫌だけど。優しくしてくれるなら、一回くらいなら……）」

「諦めてすべてを受け入れるモードに入るな！　騒ぎ立てないでくれれば何もしねえよ！」

「むー……こくん（わかった……もう騒がない。でもほんのすこしだけなら……）」

「どうしてそっちがギリギリの交渉をする側なんだよ。……ほら。頼むから、本当に騒ぐのはやめてくれよ？」

言い聞かせながら、ゆっくりと手を離す。

上気した頬。潤んだ瞳《ひとみ》。はーっ、はーっ、と荒い吐息。

「お、大星くん……ッ！　今回ばかりは、だめ。もう看過できない。今まで我慢してたけど、ハッキリ言わせてもらう……！」

何とも色っぽい雰囲気を醸《かも》し出《だ》しながらも翠はキッと気丈に睨《にら》みつけてくる。悔しげに噛《か》みしめた唇から、どんな罵詈雑言《ばりぞうごん》が吐かれるのかと身構えていると——……。

「私とLIMEを交換して！」

「おい待てどうしてそうなった？」

なぜ親の仇《かたき》を見る目で連絡先を交換しようとしてくるんだ、コイツは。

困惑している俺の鼻先にスマホの画面が突き出される。そこに表示されたQRコードが意味するのは、いまの台詞《せりふ》が聞き間違いでも何でもないという証明で。

しかしまあ、演劇を成功させるためにアドバイスしてたときでさえ、「男子と連絡先を交換

するなんて無理！　そういうのは結婚してからでしょ！」とか言ってた奴がどんな心変わりだ。

こんな簡単にLIME交換できるなら、あのときもっと効率的に連絡取れてたのになぁ……。

と、いろいろ思うことがあるのはさておいて。

諸々の事情を差っ引くと、これはあまりにも堂々とした逆ナン行為である。それを、表向きのカノジョが黙って見過ごすわけもなく。

真白が俺と翠の間に割り込んだ。

「な、何言ってるの、翠部長。ひ、人の彼氏に色目使うの、よくない……っ」

「ち、ちちち違うから⁉　私はただ、連絡先を知りたいだけで――」

「どこも違わないじゃん……！　優等生が実はビッチなんて漫画の中だけだと思ってたのに、まさか現実でも……やっぱりリアルは油断ならない」

「ビッチ⁉　ちょっとやめてよ、私は渋谷《しぶや》で変態仮装行列するような女の子とは違うし、貞操観念ゼロの遊園地に行ったことなんてないから！」

おいそこの暴走車いい加減止まれ。否定すればするほど脳味噌のピンクさが透けるから。

……というか翠の知識量はマジでどうなってるんだ？

「とにかく誤解しないで！　べつに大星くんをデートに誘いたいとか、ひとりぼっちで寂《さび》しい夜に電話したいとか、そういう目的で連絡先を交換したいわけじゃないから！」

「……本当に？」

「うん。むしろ月ノ森さんにもメリットになるはずだよ！」

「……ふぅん？」

じとーっと、疑わしそうな目を向ける真白。

翠は、そう、と大きくうなずいて、俺の顔にビシっと指を向ける。

「大星くんはちょっと前までお姉ちゃんを弄《もてあそ》んで付き合ってるどころか婚約するフリまでしてたの。もしかしたら他にもそんな関係の女の子がたくさんいるかもしれない――いや、そんなことさせちゃいけない。大星くんを一途で真っ当な男の子にするためにも、お姉ちゃんにちょっかい出してる気配があったり、他にも不埒《ふらち》なことをしてる情報が入ったら、すぐに問いただして指導できる環境を作りたいの！」

「なるほど……真白以外の女の子と、仲良くしてたら」

「もちろん大星くんにクレームのＬＩＭＥを送るし、月ノ森さんにもリークする！」

「契約成立。アキ、ＬＩＭＥ登録してあげて」

「あっさり買収されんなよ」

というかそこまで監視体制を敷かれることがわかってて、どうして俺がＩＤを教えると思えるんだ。……まあ、教えるけど。べつに後ろめたいことなんて、する気もないし。

「悪用するなよ？」

「い、いいの？　ホントに⁉」

滅茶苦茶嬉《めちゃくちゃうれ》しそうだな、おい。何か前のめりになってるし。

「あ、ああ……マジで扱いには気をつけてくれよ」

「う、うん。不要不急の連絡は一日一時間までにするから。あ、安心してっ」

「それは実質無制限では……」

まあテンパってて変なことを口走ってるだけだろう。異性と連絡先を交換することに対して免疫なさそうだし。

こうして翠は俺と、それからついでに真白とも、ＬＩＭＥの相互登録を済ませた。

偽装デートの一幕としてはどうなんだ、と思えるイベントだが……まあ、あくまでも真白を恋人の位置に据えたままのやり取りだし、社長のスパイに見られても大丈夫……だよな？

「じゃ、じゃあ私達はもう行くから。お、大星くんっ。お祭りだからって調子に乗ってエッチなことしちゃ……ダメなんだからね⁉」

「はいはい、しないしない。また学校でなー」

「またね」

適当にあしらう俺と、必要最低限の台詞と動作でサクっと別れを告げる真白。

顔を赤くしたまま妙なテンションの翠を、演劇部員たちが、どうどう、と手綱を握りながら連れていき、人混みの中に消えるのを見送った後――……。

真白はぽつりとこう言った。

「アキ、有罪《ギルティ》」

「なんで⁉」

「翠部長にデレデレしてた。真白というカノジョがいながら、連絡先を交換した」

「お前も途中から推奨派だったろ」

「真白が認めるのはいいの。アキは自分の意思で断るべき」

「んな理不尽な……。女心、難しすぎる……」

「それでいいの」

べ、と舌を出してから、真白は。

「難易度の高い問題であればあるほど、アキは前向きに解こうとするもん。アキの脳味噌を、真白でいっぱいにする作戦。……なんてね」

そう言って、ちょっと悪戯《いたずら》っぽく笑ってみせた。

「……！」

真白のそんないじらしさに、きゅ、と胸の奥で何かが絞めつけられる感覚に襲われる。

――素直に、可愛い。

そんな感想が何の抵抗もなくするりと脳裏《のうり》に浮かんでくる。

翠がさっき、祭りの夜はもともと性の加速するシチュエーションだとか言ってた気がするが、もしかしたら俺もそんな大昔の人が仕組んだ意図に、まんまと乗せられてるのかもしれないな。

浮かれ気分の陽キャをどうこう言える立場にないよなぁ、ホント。

非効率にも、程がある。

ここ最近の自分の変化に、自分自身で追いつけていない気分になるけれど。

プロデューサーとしての大先輩、カナリアのアドバイスを信じて、今はとにかくこの限りなく無駄に近いように見える感情の波を、せいぜい楽しく乗りこなそうと思った。

＊

『ニセとはいえカノジョとのデート中に他の女子の連絡先をＧＥＴしたよこの男。爆《は》ぜろ！』
と、全視聴者の声を代弁しておくね』
『事象だけ切り取れば確かに俺は幸せ者のはずなんだが、いまいちそう思い切れないのは何故なんだろうか』

007

Tomodachi no imouto ga ore nidake uzai

第7話・・・・友達の妹のライバルがウザい

それからまた数分ほど、屋台でわたあめを買ったり、りんご飴《あめ》を買ったりと俺《おれ》と真白《ましろ》は祭りを楽しんだ。

運営のおっさん達から見ても真白は庇護《ひご》欲をそそる相手なのか、何故《なぜ》かやたらサービスが良く、わたあめも飴も通常の倍ぐらいの大きさだった。良いカップルっぷりだねえ！　と、冷やかされるたびに真白は赤くなり、俺も不思議と嫌な気分はしなかった。

ほれ見ろ伯父さん。月ノ森《つきのもり》社長。

俺達はどう見てもカップルだろう。うん。

どこで見てるかもわからない、もしかしたら最初からそんな奴《やつ》はどこにもいないのかもしれない社長のスパイから見ても、きっと俺達は完全無欠にカップルのはずだった。

いよいよ空も暗くなりつつあり、あと三十分で花火を打ち上げると、アナウンスが響き渡る。

来場者たちの目に見えない熱が凝集し、境内の温度がわずかに上昇する。

メインイベントが始まる直前特有の静かなボルテージの上昇、夏冬のオタクの祭典における待機列にも似た空気感の、リア充《じゅう》版。

まさかそんな浮ついた空間のド真ん中に自分が立つことになるなんて、すこし前までは予想だにしなかった。

実際にコチラ側に立ち、客観的に見て仲睦《むつ》まじいカップルというものを経験してみて初めてわかったことがある。

リア充とか陽《よう》キャってのは、状態ではなくスタンスなんだってことだ。

いくら楽しく仲睦まじくカップルをやったところで、俺と真白はどこまで行っても陰《いん》の者。

俺達の姿を見て、幸せそうだと思う人はいても、陽キャだと思う人はいないだろう。

だって、人混みからすこし外れた、暗くてじめじめした木の下にあるベンチに腰かけるのがこんなにも心地好い。

「さすがに疲れたね……あはは。人酔いって、やっぱり慣れないや……」

「飲めよ。スッキリするぞ」

「ひんやり……ありがと」

ほっぺたにラムネ瓶《びん》を押しつけてやると、真白はホッとしたように受け取った。

夜とはいえ、やはり夏。ただでさえ気温は下がりにくいのにこの人の密集っぷりだ。真白もずいぶんと暑さを感じていそうで、顔にはじんわりと汗が浮かんでいる。

そんな中でのラムネ支給は天の恵みとばかりに、真白は貪《むさぼ》るようにラムネを呷《あお》り、鼻の奥にツンと響く炭酸にやられて眉《まゆ》と口がX字になってしまう。

その変顔が微笑ましくて笑いそうになるが、そんなことすればまた乙女心がわからない奴めと、機嫌を損ねてしまうかもしれないのでぐっと堪《こら》える。俺は学べる男なのだ。

「あれ？　あそこにいるの……彩羽《いろは》ちゃん？」

ふと、ラムネ飲みの残心から帰ってきた真白が、人混みを見つめてそう言った。

釣られてそちらを見てみると、俺達とは正反対の集団――楽しそうに談笑する、あきらかに陽キャっぽい女子七人ぐらいの大所帯。

その中心で楽しそうに談笑しているのは、さっき音井《おとい》スタジオで別れたばかりの我が声優、かつ、友達の妹――そしてクラスで人気の優等生、小日向《こひなた》彩羽。

ニコニコと微笑む彩羽の姿は、この前、教室で見たときとまったく同じ顔。違うのは、制服じゃなくて暖色系の明るい色の浴衣を着てることくらい。

清楚《せいそ》で優しく、気の利《き》く優等生。

丁寧な物腰でありながらもけっして内気というわけでなく、真面目《まじめ》すぎて堅苦しいこともなく、陽気なクラスメイトに合わせてときどき冗談を言ってみせたりしている。

「ホントだ。……って、なんで隠れるんだよ」

「だ、だって……」

ベンチから立ち上がり、木の後ろに身を隠しながら真白は言う。

「見られたら、何か気まずいし……」

「彩羽なら知ってるって言ったろ？　俺達のニセ恋人関係のこと」

「だからこそ気まずいというか……ズルして、抜け駆けしてる感じがするというか……」

「俺達だけ夏祭りを楽しんでることか？　それなら、事前に説明してあるぞ。《5階同盟》の契約の関係で偽装デートをするって。オズはいま手が空いてるから積んでた新作ギャルゲーを崩してるし、紫式部《むらさきしきぶ》先生はグラファン7のリメイク版にご執心だし、心配しなくても、みんなそれぞれ自分の夏を楽しんでる」

「や、そういう意味じゃなくて……まあいいや。アキに気づかせてあげる義理は、ないし」

「は？」

「と、とにかく見つかりたくないの。真白のことはほっといて」

……何なんだ一体。

とはいえ、真白のように隠れたりはしないものの、俺だってわざわざ彩羽に話しかけに行くつもりもなかった。

せっかくクラスメイトと水入らずで楽しんでいるのだ。

兄貴の友達――先輩がいきなり飛び込んで行くのは、空気が読めてないにも程がある。

しかしあの彩羽のクラスメイトたち……声、大きいなぁ。

「――やーだからもう彼氏が最悪でさぁ！」

そこそこ距離があるにもかかわらず、女子生徒の声が俺の所まで届いてくる。ひとりの声の大きさに釣られて自然と集団そのものの平均ボリュームも上がっているのか、彼女たちの会話は余さず聞こえてきた。

「休日とかお家《うち》デートするんだけどさ」

「えー、いいじゃーん。うらやまシーパラダイスなんだけど！」

「ねーわ。家で二人きりになると、すーぐベタベタ絡《から》みついてきてウザいんだよね」

「マ？　普通にラブリンチョスじゃん。自慢100かよぉ」

「や、自慢じゃねーっつの。夏は暑いし汗かくと化粧崩れるじゃん？」

「あー、それな」

「盛れてないとギャン下げだし、あんま抱きつかないでほしいんだよねー。小日向さんも彼氏にベタられてウゼー！　とかないの？」

盛り上がっていた二人から急に話を振られて、彩羽が振り返る。

「私？　うーん、そうだなぁ。顔はウザいけど、抱きつくのはむしろ私からかなー」

なんという対応力。

それまで会話に交ざっていなかったにもかかわらず、極《きわ》めて自然な返しだ。

「お、ついに認めたか。今まで彼氏はいないってシラ切ってきたくせに～。それとも夏休み中にゴール決めた感じ？」

「実はそうなんだ……」

つんつんと肘で脇腹《わきばら》をつつかれて、彩羽が思わせぶりにうつむいた。

それから自分のスマホを取り出して。

「私の彼氏、見せてあげるね。……はいこれ」

「――トマッティー君じゃん！」

「草生えるんだけど！　くそー、まだシラを切るかー」

うりうり、と肩を揉《も》まれて彩羽はくすぐったそうに笑いながら。

「あはは。彼氏なんかそう簡単にできないよー。好きな人も全然できないしさ」

さらっと否定《ひてい》してみせる。

「モテてるくせによく言うわ！　貧民の気持ちがわからん貴族め～！　若さに胡坐《あぐら》をかいてると、いつか後悔するぞ～！」

「同い年に言われたくありませーん。イマドキは恋愛だけがすべてじゃないんですー」

……我が後輩ながら見事すぎる。

完璧《かんぺき》超人のモテ女。一歩間違えればヘイトを稼ぎかねない立場にもかかわらず、会話に適度なユーモアを織り交ぜて、嫌われにくい立ち回りを演じてる。

しかし部屋ですぐベタベタ絡みついてくるウザい異性って話題で、よくもまあ、あんな白々しい台詞《せりふ》を吐けたものだ。俺の部屋で見せる彩羽の本性を知ったら、あの女子たち、卒倒しそうだな。

「…………！」

あ。

今、彩羽と目が合った。

しかし視線の交錯は刹那《せつな》のことで、彩羽はすぐに目を逸らしクラスメイトとの会話に戻る。

………………。

…………？

あれ、なんだ。今、そこはかとなく心臓のあたりがモヤっとしたような。

若くして不整脈だろうか。

あとでネットで症状について検索してみよう。何事も健康第一だしな。

などと思っていると、

「そんな……」

木の後ろに隠れていた真白の方から、絶望に暮れる声が聞こえてきた。

「ん？　どうした、真白」

「全然知らなかった……そんなに単純で、あたり前な現実……どうして今まで気づかなかったんだろう……」

「お、おい。お前、何を言って……」

愕然《がくぜん》とした表情で、声を震わせて。そんな尋常ではない真白の様子に、俺はどう声をかけていいものかわからない。

日常の裏側、隠された異常の世界にアクセスし、精神を掻《か》き乱《みだ》されてしまった探索者めいた表情。青ざめた唇の隙間《すきま》から漏《も》れる、幽霊の断末魔（ニュアンスで伝われ）じみた台詞、その内容は——。

「汗をかくと、メイクが崩れるって……まじ？」

死ぬほど日常的な台詞だった。

そのもったいぶった前振りからどうしてそんなしょうもない台詞が出てくるんだよ。これが物語だったらわざわざ台詞としてピックアップされないレベルの日常会話じゃねえか。そんな台詞を書くのは文章を盛れば盛るほど原稿料が増えるからといって文章を水増しするライターぐらいだぞ。

……すまん。俺も巻貝《まきがい》先生のヘルプに入るとき、結構いらない台詞書いてた。全然人のこと言えないわ。本業じゃないのに台詞書くの難しいんだよ、ホント。

それはさておき真白である。

「常識だと思うが……。知らなかったのか……？」

「し、知るわけない。半年前まで引きこもりだった真白に、無茶な注文はやめて」

「毎日ちゃんとメイクしてるし、オシャレには慣れてるものかと……」

「美容系Ytuber《ワイチューバー》の動画とか、検索とかで勉強してるだけ。付け焼き刃だから、結構知識に偏りがある……」

「ネットの情報だけでそのクオリティが出せるのか……恐ろしいな、現代社会」

「そっか……汗で剝《は》がれるなら、小まめに鏡を見てチェックしないとなんだ……。嘘《うそ》……それじゃこれまでも、気づいてなかっただけで、お化粧崩れてたかもしれないってこと……？」

一文字しゃべるごとに発汗量が一ミリ増える。

「い、いまも緊張して、汗かいてる……お、お化粧、直してくる……！」

「あ、おい真白！　どこ行くんだ⁉」

「言わせようとしないで……！　さいてい……！」

なるほど、トイレか。

そうとわかったら何も言えず、俺は立ち尽くしたまま真白の背中を見送ることしかできなかった。

スマホで連絡を取り合えるからはぐれることはないだろう。テクノロジーの進化に感謝だ。

真白が戻るまでの間、どうやって時間を潰《つぶ》そうか。

「あ、そだ。告知しなきゃ」

もちろん《5階同盟》が自信を持って送り出す期待の新キャラ、黒龍院紅月《こくりゅういんくげつ》の情報である。

事故なく無事に収録を終えた今、ほぼスケジュール通りに実装できることが確定したので、安心して告知できる。

俺はＬＩＭＥを起動して、自宅で充実したギャルゲーライフを送っているはずのオズに依頼メッセージを送った。

《ＡＫＩ》黒龍院紅月の告知、ポップアップ頼んでいいか？

《ＯＺ》了解。ユーザーＩＤごとに時間差で届くように配信するね

秒で返信がきた。

どんなときでもすぐに既読がついて即座に返信が来るんだが、あいつはいったい何時に寝てるんだろうか。

稀代《きたい》のスーパーエンジニアだし、もしかしたら自動で返答してくれるＡＩを設定してるのかも……そんな想像が現実味を帯びてしまうのが《５階同盟》のトニ●・スターク、小日向乙馬《おずま》の恐ろしいところだ。

ちなみに告知に時間差を設けるのは、『黒山羊《くろやぎ》』を運営するにあたって借りてるサーバーの脆弱《ぜいじゃく》さゆえの工夫である。正直、当初の想定を超えるユーザー数を獲得してしまっているので、そろそろサーバーを増強しないとまずい段階に来ているのだ。

コスパのいいレンタル先を探してるんだけど、いまいち良い条件がないんだよなぁ。

なんてことをぼんやり考えていると――……。

「ん？」

俺はふと自分の尻《しり》の横。座っているベンチの上に、それを見つけてしまう。

見たことがある小物入れ。

ついさっきまで、真白が持っていたやつだ。

まさかあいつ……。

嫌な予感がして俺は中身をあらためる……のはさすがに気が引けるので、袋の上から手触りを確かめる。ぐにぐにと指が埋まる感触は、おそらく屋台でさんざん中身を吐き出していた、あの財布。

そしてもうひとつは、長方形の硬い感触。

中身を見るまでもない。スマホだ。

「おいおい、あいつ手ぶらで行ったのかよ。これじゃ連絡取り合えないじゃんか」

それによく考えたら、外出先で化粧直しをする発想すらなかったんだとすれば、化粧ポーチなんて持ってきていないわけで。

トイレに行ったところで道具がなけりゃ化粧も直せないのは自明の理。

「真白の奴、テンパりすぎだろ……！」

小物入れを手に俺はあわてて立ち上がり、真白の後を追いかけて人混みに飛び込んで行くのだった。

＊

結果。

「……迷子になった」

テンパりすぎていたのは俺も同じだった。

はぐれたときの鉄則、その一。どちらか片方が動いているとき、残されたもう片方の人間は絶対に持ち場を離れてはいけない。

普段と同程度の冷静さを保てていたらこんな初歩的なミスは犯さなかった。

俺も真白のことを言えないほど心乱れていたってことなのかね。

右を見ても左を見ても人、人、人。花火の時間が近づきつつあるせいか、人の密度も増している。

同じ道を戻ろうとしても結果的に別のルートに導かれてしまい、元のベンチに帰れない。

非効率的な環境も大概にしろ。ふざけるな。

などと文句をつけようにもその相手はおらず、無駄な怒りの発散ほど不毛なこともないので、俺は諦《あきら》めて屋台の人にトイレの場所について訊きながら進むことにした。

そうしてフラフラしていると、トントン、と肩が叩《たた》かれた。

「ちょいとそこの兄ちゃん。尋ね人は見つかったかね?」

「ああいえ、まったくもって……」

背後から聞こえてきたのは、老齢の男の声。

さっきの屋台の店主さんかと思い、赤の他人向けのへりくだった笑みを浮かべて振り返る。

でもあれ? 俺はトイレの場所を訊いただけで、人を捜してるとはひと言も言ってなかったような。

「――ばあ」

そんな疑問が浮かぶよりも先に振り返った俺の前に現れたのは、悪戯っぽく舌を出し、してやったりの顔で待ち構えるウザい顔だった。

「おまっ、なぁっ⁉」

「ナイスな驚き顔あざっす! 百点満点です! 景品のわたあめをどうぞ!」

「いや、それはいらん。さっき食べたばっかだし」

「ありゃ残念。まあカノジョとのデートでただでさえ甘～い時間を過ごしたのに、わたあめまで食べたら糖尿一直線ですよね。わかりました、センパイの分まで私がカロリーを頂戴《ちょうだい》します……んまー☆」

幸せそうにわたあめを頬張《ほおば》るそいつはご存知いつもの友達の妹、小日向彩羽。

なるほどさっきの男っぽい声は声芸か。

性別も年代も超越する声色《こわいろ》の使い分けは、さすが『黒き仔山羊《こやぎ》の鳴く夜に』の全キャラの声を担当する《5階同盟》指折りの声優だ。……まあ、指は一本で充分なんだけど。

「……友達はどうしたんだ？」

「クラスの子達ですか？」

「何故言い直す」

「やー、何か気づいたらはぐれちゃって」

俺のツッコミを無視して彩羽は言う。危機感ゼロのあっけらかんとした様子。

さっきの陽キャ女子たちの姿はどこにもないが、ひとりでも特に寂《さび》しさを感じている気配はなかった。

「センパイこそ真白先輩と喧嘩《けんか》でもしたんですか？　さっきからひとりでトボトボ歩いてましたけど」

「その言い方、お前、いつから見てたんだ？」

「結構前ですね！　たまたま見かけて、何してるんだろうなーって」

「気づいてたんならさっさと声かけろよ」

「やー、そのときはクラスの子たちが周りにいたんで。にゃはは」

後頭部を掻《か》きながら苦笑する彩羽。

ん？　ということは――。

「お前、もしかして俺の動向を目で追ってたから友達とはぐれたのか？」

「おお！　鋭いですね！　責任を取る覚悟ができてるってことでいいんですか！」

「取らねえよ。なんでお前の不注意の尻《しり》ぬぐいを俺がせにゃならんのだ」

「そんな……責任を取る気がないのに私を夢中にさせたんですか？　ひどい！　お腹《なか》だって、こんなにふくらんできたのに！」

「往来の真ん中で誤解を招くようなことを言うな！　腹のふくらみは屋台のメシを食べ過ぎたせいだろうが！」

「ちなみに食べても太らない体質なので、今もウエストくびれてます！」

「なら嘘100じゃねえか。フェイクニュースを流すな」

「あだっ。……ちょっと！　髪結ってるんですから、やめてくださいよう」

チョップを落とされた頭を抱えて、むーっとむくれて抗議する彩羽。

その反応に、しまった、と思う。

「悪い。女の子の身だしなみに対して無頓着なのはいけないよな、うん」

「そーですよ気をつけてください！　……って、あれー？　なんでそんな素直なんです？」

「ついさっきその大切さを知ったんだよ……」

真白とはぐれた経緯について。きっかけが化粧直しであり、化粧道具を持ってきてないことを伝えるために追いかけたら完全に現在位置を見失ったこと。

それらの話をなるほどなるほどと腕を組みながら賢そうに聞いていた彩羽は――……。

「センパイって基本賢いのにごくたまに絶妙に頭悪いですよね」

「んだとぉ？　――いや待て、最近菫《すみれ》先生にも似たようなこと言われたな……。ということは、やはり俺はアホなのか……？」

一人だけなら言いがかりだが、二人に言われたらその時点で多数決は勝負アリ。

より客観的事実と呼べるのは彩羽たちの方だ。

正直、真白との偽装デートで知らず知らずのうちに浮ついた感情に蝕《むしば》まれ、思考が弱体化していたってのはあるが。

やはり気を抜いたり経験値の浅い分野に挑もうとするとボロが出るのは、ひとえに俺の基礎スペックの至らなさゆえだろう。

不当に自己評価を下げるな、と海で彩羽に言われた言葉を思い出す。

たしかに《5階同盟》における自分のポジションには自信を持とうと決めたし、多少は自信を持ってもいいと思えるようになってきた。

けど、恋だの青春だの男女関係だのの分野でここまでのポンコツぶりを直視してしまうと、死ぬほど努力しなきゃ平均にすら届かない事実を忘れるなよと、見えざる神に忠告されてる気になってくる。

　恋やら青春やらのスキル上げはこれからじっくりやっていくとしよう。……他のステータスに悪影響がない範囲で。あるいは《5階同盟》の活動に支障が出ない範囲で、だが。

「ま、その微妙～な凸凹《でこぼこ》感が可愛《かわい》いんですけどね☆」

「お前に上から目線で言われると何か腹立つ」

「あはは！　むくれた顔も可愛いなぁ。つんつん！　つんつんつーん！」

調子に乗った彩羽に頬《ほお》をつつきまくられる。

　ウッザい行動ではあるが、じゃれつく子犬の所業と思えば愛嬌《あいきょう》さえ感じるわけで。

　この可愛さを認識してるのが俺だけって環境はやはり勿体《もったい》ない。それは社会全体の機会損失。非効率的な状況だ。

　まあ、社会なんて途方もない存在はさておくとしても、彩羽がこうして素直に笑える、いつでもウザ絡めるような友達——真の親友の存在は、いたらいいよなぁ。

「んー。けどスマホを忘れたまま行方《ゆくえ》知れずってのはほっとけないですね。まあ遠出してきてるわけでもないんで、最悪の場合、マンションで合流すればいいと思いますけど」

「だな。……とはいえ彼氏としちゃあ迷子のまま寂しい想《おも》いをさせるってのもな」

「へー。センパイ、いちおうそこはちゃんとするんですね☆」

「特にいまは社長説得タイムだしな。……どこにスパイがいるのかはまったく見当つかんが」

「もし私といるところを見られたらコトですねー。にゅふふ」

「……一緒に真白を捜すぶんには、大義名分もあるだろ」

「たーしかに！」

妙なイントネーションでそう言う彩羽からは、何となく楽しげな雰囲気を感じた。

お互い友達（と自分自身）が迷子の状況とはいえ近所の夏祭り。

特に治安が悪い街ってわけでもない以上、さっき彩羽が言ったように、それほどシリアスな状況でもない。

だとしたら多少なりとも俺になついてるっぽい彩羽が、俺と行動を共にすることでほんのりとテンションが上がっているのも、まあ納得できる話だ。

彩羽の誘いを断ったとき、正直後ろめたさはあった。楽しそうに尻尾《しっぽ》を振りながら遊んでほしがる子犬をすげなく拒絶するときの罪悪感に近いものを感じていたんだが……それが今、ほんのすこしだけ軽くなった気がした。

……とはいえ、真白を放っておく気はもちろんないし、本当に彩羽と祭りを楽しんでる余裕は皆無なんだけどな。

真白や彩羽のクラスメイト達を捜すために、彩羽と二人、境内を早歩きで回ること数分。

トイレらしき場所も見つけたが真白の姿はなく、元のベンチに戻っても見つからず。

もしかして怒って帰ってしまったのか？　なんて現実味をめっちゃ帯びた想像をしてみたり。

「収穫ゼロ……か」

「どこ行っちゃったんでしょうね、真白先輩。フラれて、家に帰られちゃったとか？」

「マジか。このデートプラン考えたの、真白なのに」

「でもセンパイってば、持ち場を勝手に離れた挙句に迷子だからなー。普通に考えたら激おこ案件ですよ」

「うぐ……確かに……」

水風船をバチバチ腕にぶつけながら正論を吐く彩羽に、俺はうなるしかなかった。

……しかし会話の中でもウザい行動を欠かさないとは、ブレないなぁ。

「まあ真白先輩のことですから、センパイを見限ったりはしないと思いますけど」

「何を根拠に言ってるんだ？」

「うーん。女の勘、ってやつですかね！」

「つまり当てずっぽうかよ」

「とーにーかーく。根気強く捜し続けるしかありませんて。ほらほら、大切なカノジョなんですから、早く見つけてあげましょうYO！」

「そうだな。もすこし粘るか」

ウザいイントネーションで発音する彩羽に服を引っ張られ、俺もふたたび歩き出した。

……が、直後。

俺は自分の客観視点が、こと青春方面においては、死ぬほどズレてることを思い知らされることになる。

俺と彩羽のこの行動。これは、客観的に見たら——。

「あ————ッ!!　小日向が彼氏とデートしてる!!」

そうそれ。

そう言われてしまうリスクに、今の今まで思い至らなかったのは致命的なミスだった。

台詞が聞こえた瞬間、しまった、と思って振り返る。

するとそこには茶色の髪の毛先をくるん、とオシャレに巻いた陽キャっぽい見た目の女子。

陽キャらしく伝統もへったくれもない「ミニ●トップ夏の新作ソーダ味！」みたいな派手な浴衣を着ているそいつが、口をパクパクさせたままこちらを指さしていた。

その姿には見覚えがある。

確か彩羽の公認ストーキングをしてたとき、図書室にいた同業——否《いな》、本職のストーカー。

名前は友坂茶々良《ともさかささら》、だったっけ。

彼氏と一緒に遊びに来ていたんだろうか、隣にはやたらとガタイの良い男を連れている。

高身長、茶髪、イケメン、耳にピアス。首からはドクロのシルバーアクセサリーを提《さ》げ、指にも、安物ではありそうだが存在感のあるゴツめの指輪をつけている。

浴衣ではなくちょっとばかし洒落《しゃれ》た私服姿で、こちらもドクロ柄のシャツ。

進学校に入学してからはあまり見なくなったが、中学時代にはよく見たタイプのＴＨＥ不良。ＴＨＥパリピといった見た目の男である。体格といい、顔つきといい、大学生か、高校三年生か。少なくとも年下には見えなかった。

ずいぶんとわかりやすくチャラいカップルだなぁ、というのが俺の素直な感想だった。

「げ……」

茶々良が出現した瞬間、彩羽の露骨に嫌そうな声が聴こえてきた。

たぶん相手には聞かれていない程度のわずかなボリューム。さりげなく隣の彩羽を見ると、とっさに清楚な表情を作るのに失敗していて、ほんのすこし口元が引きつっている。

「と、友坂……さん。ぐ、偶然だね」

「偶然って、そりゃ街のお祭りなんだし、会うこともあるでしょ。それより見ちゃったな～、目撃しちゃったな～、男を連れてるところ！　やっぱりアタシの思った通りじゃん！」

「男って。えっと、その。センパイはそういうのじゃないよ？」

「は～ん？　この状況で言い逃れできるぅ？」

「それは……」

ニヤニヤした挑発的な眼差《まなざ》しで茶々良は彩羽の顔を覗《のぞ》き込む。対して彩羽は顔を背《そむ》ける。

彩羽の様子は明らかに普段と違っていた。

いつもなら俺を困らせるために、むしろ積極的に恋人と匂《にお》わせるような発言を多用する。

しかし今の彩羽は俺との関係を否定し、事を荒立てずに話を流そうとしているように見えた。

困らされる側になってる。あの彩羽が。

そういえば文化祭の準備をしているときも、恋人の存在をしっかり否定していた。以前、俺の教室にやってきたとき、「私達、付き合ってるのに！」と嘘の暴露をしたことがあったし、彩羽の奴は俺を困らせるためならいくらでも恋人宣言（嘘）をするもんだと思ってたんだが。

もしかしてアレも、二年の教室で噂《うわさ》になるのはセーフ、一年の教室はアウトみたいな線引きを彩羽なりにしてたんだろうか？　……あるいは、最初はふざけて恋人宣言をしてみたものの、途中で彩羽の中でそのからかい方を継続できない事情が生まれてしまった、とか？

まあいずれにしても、彩羽は俺が恋人だと誤解されるのはまずいらしく、困っている。

――助け船を出してやるか。

「彩羽の言うことは本当だぞ。俺は彩羽の彼氏じゃないし、彩羽は俺の彼女じゃない」

「まったまた～。あ～んな仲良さそうにし……て……た……」

ケラケラと笑いながら追及を続けようとしていた茶々良の声がだんだんとかすれてゆく。

表情も固まって。

そして。

「あ……あ────ッ‼　ノマド先輩気取りのストーカー男⁉」

「なんつー不名誉な覚え方だ……」

「へえ～アンタ、小日向の彼氏だったんだ。なるほど、それで図書室にいたのねっ」

「惜しい。結論はかなり近いが、途中式が間違ってる」

「や、やめて。ケアレスミスのことを思い出させないで……あれさえなければ、あと一歩で、小日向に届いたのに……」

トラウマを刺激してしまったらしい。

しかしこの情緒不安定っぷり……さてはコイツ、かなり面白《おもしろ》い奴だな？

「──はん！　テストの点なんてこの際、どぉ～でもいいっての」

ひととおり身悶《みもだ》えた茶々良は、唐突に立ち直ると、俺と彩羽に蔑《さげす》むような目を向けてくる。

「連れてる男のレベルにも女の『格』ってモノは出るんだから。ノマド気取りの地味メン先輩じゃアタシのＣＨＡＲＯ《チャロ》の足元にも及《およ》ばない～、って感じだしぃ？」

くいっと隣の男にあごをしゃくる茶々良。

ＣＨＡＲＯ？　……ああ、その男の人の名前か。何か音楽グループのメンバーみたいな名前だ。

芸名っぽい名前でさえ様になるあたり、やはりリア充は違うなぁ。

恵まれた肉体を持つ結構なイケメンであるTHEパリピ男と、自分とを客観的に比べて、俺は、たしかに足元にも及ばんなぁ、と普通に納得していた。

ところが意外なことに、そんな茶々良の言葉に反発したのは彩羽だった。

「む……。よく知りもしないセンパイに、それはちょっと失礼すぎると思うよ？」

優等生スマイルこそ保たれているが、ピキピキと頬が引きつっていて、今にも爆弾が破裂しそうな雰囲気だ。

その反論に、茶々良がニヤリと笑う。

「あー、メンゴメンゴ☆　彼氏のこと悪く言われたら良い気はしないよね〜。でもさぁ、一緒に歩く男のレベルは気を遣わないとってのは正論じゃん？　小日向の格が落ちないよーにって、善意で忠告してあげてるんだよね、こっちも」

「それが余計なお世話だって言ってるの、わからないかな？　私が誰《だれ》と歩こうと、友坂さんには関係ないでしょ」

「は――ッ？　こっちは小日向が優しさに付け込まれてるんじゃないかって、心配……じゃなくて！　テストの点数だけとはいえ、アタシの上に立つんなら、ショボい男と付き合われちゃ迷惑なのよ！」

……確信した。コイツ絶対面白い奴だ。かなり可笑《おか》しいタイプの女だ。

だだ漏れの甘さ優しさを光の速さで覆《おお》い隠そうとする新手のツンデレとでも呼ぶべきか。

絶妙にありきたりなツンデレとイキリとウザさが混ざっているこの感じ……イキリツンデレと命名させていただこう。

いつか新キャラのネタに使いたいが、人間性が複雑すぎてユーザーに受け入れられるかは、ちょっと心配だな。そもそも台詞を考えるハードルがやたらと高くて扱いに困りそうだ。

カナリアのときにも思ったけど、現実世界なのになんで創作キャラよりも濃い奴が平気な顔でその辺を歩いてるんだよ……。

「ショボいって誰のことかな？　センパイなら、すっごく優しいし、天才だし、最高峰の男性なんだけど？」

彩羽VS茶々良の応酬は、まだ続いていた。

何故かムキになって茶々良に食ってかかる彩羽。他人の前でそこまで過剰に褒められるのは、嬉《うれ》しさを感じる暇もなく、かなり恥ずかしいんでやめてほしいんだが。俺の内心をよそに彩羽は引き下がる気配を見せなかった。

「どこがよ！　見るからに陰キャじゃん。あれでしょ、イイ年して漫画とかゲームとかアニメにハマってる奴でしょ」

「正解！」

俺は指を鳴らしてそう言った。あまりの的の射抜きっぷりに、思わず体が反応したのだ。

「開き直んな！」

「センパイは黙っててください」

しかし茶々良と彩羽に口々に叩《たた》きのめされた。

……俺の話題なんだから、俺にちょっとくらい発言権があっても……ダメか。そうか……。

茶々良本人はもしかしたら悪口を言ってるつもりなのかもしれないが、俺からすると、どの言葉も客観的事実だなぁとしか思えないことばかりで、そこまで苛立《いらだ》ちもしないし怒りもない。

むしろ俺よりも彩羽の方がお冠なのが意外なくらいだ。

教室で空気扱いされることに比べたら、存在を認識されてるだけ良心的と言える。

——と、そのとき。

この場においてそれまで、文字通り『空気』だった人物……友坂茶々良の彼氏（推定）が、初めて口を開いた。

「なあオイ、その辺にしとけよ。さっきから失礼すぎんだろ、姉ちゃ、い、い、姉ちゃん」

「うっさい。アンタは口出し無用……って、あぁ————ッ!?」

茶々良の口から、引っこ抜かれたマンドラゴラじみた悲鳴が迸《ほとばし》る。

しかし、そんな騒音が気にならないほど、俺と彩羽は、その単語の意味を考えることに気を取られていた。

「姉ちゃん……って言ったよな、今」

「姉ちゃん……って言いました、今」

ぽかんとする俺と彩羽に、茶々良の彼氏（大嘘）――ＣＨＡＲＯが、ニカッと陽気な笑みを浮かべて片手を差し出す。

「何か自己紹介するタイミング逃しちゃって、サーセンっス。姉ちゃんの弟の友坂茶太郎《ちゃたろう》っていいまっス。姉ちゃんにはよく変なあだ名つけられてて正直うぜぇーんスけど、日本茶の茶に桃太郎《ももたろう》の太郎で茶太郎なんで、バリバリの日本人っス」

「おー、それはどうもご丁寧に」

気持ちの良い挨拶《あいさつ》が好印象で、握手に応じた。

でっけえ手。野球選手かよ。

「弟……ってことは、えっ、これで中学生？」

「うっス。中二っス」

「はー……全然見えないなぁ……」

思わず感嘆してしまう。

「よく言われるんスよねぇ。羨《うらや》ましがられたりもするけど、結構コンプレックスで……歳相《とし》応のカッコするとデクの坊って笑われるんで、こんなんつけたりもしてて」

じゃらじゃらとシルバーアクセサリーを弄《もてあそ》び、苦笑する茶太郎。

その前提条件を聞いた上で彼のＴＨＥパリピファッションを眺めてみると、なるほど確かに随所に中二特有のセンスが垣間《かいま》見える。ドクロとか。

「CHARO！　ちょっと、外で『姉ちゃん』呼びやめろっつったでしょ⁉　何普通にバラしてるわけ⁉」

「はー？　うぜえよBBA。オレは祭りとか来たくねーっつってんのに、小遣《こづか》いやるからって強引《ごういん》に連れてきたんだろ」

「バッ……誰がBBAよクソガキ！　小遣いもらってるんだから、せめて言われた通りに振る舞いなさいよ！」

「そのつもりだったけどよ、姉ちゃんさっき漫画、ゲーム、アニメを馬鹿《ばか》にしたろ。すっげーイラっとしたんだよね。オレ、オタク系作品まじリスペクトしてっからさ」

「なら小遣い返せよ！　なけなしの千円返せよぉ！」

目の前で姉弟喧嘩《げんか》が始まってしまった。

完全に置いてきぼりにされた俺と彩羽。二人の脳裏《のうり》に浮かんだ想いはきっと同じだろう。

「え、弟さんにニセ彼氏役頼んでたの？」

クラスの集まりを断って？　マ？　と、彩羽がドン引き顔で後ずさる。

「べ、べべべつに嘘はついてないし！　イケメンと祭りに参加しなきゃいけないってのは、本当だし！」

「いやでも嫌がる弟さんにお金まで払ってって……え、恥ずかしくないの……？」

取り繕おうとする茶々良に、彩羽がガチトーンで訊いた。

ぐうっ、の音だけを残し、茶々良は反論の言葉を失う。

「姉ちゃん見栄っ張りでさぁ。彼氏いないって、クラスメイトに知られたくねーみたいっス」

「ねぇ～ぇ～、だからどぉしてペラペラ喋《しゃべ》っちゃうのぉ⁉」

「うっぜえ、嘘つくの苦手だっつってんだろＢＢＡ！　……んぁ？」

しがみついてくる姉をすげなく振り払った茶太郎は、ふと何かに気づいたような顔になって、ポケットに手を突っ込んだ。

取り出したのは、スマホ。画面を一瞥《いちべつ》した茶太郎は、おお、っと声を上げる。

「『黒山羊』のアプデ情報きた――――ッ！　何この新キャラ期待値爆アゲじゃん‼」

「⁉」

俺と彩羽に、電流走る。即座にアイコンタクトを交わし、口の動きだけで会話する。

（これって、黒龍院紅月の情報……ですよね？）

（ああ、たぶんそうだ。さっきオズに告知を流してもらったから。この子のところには、今、通知が届いたんだろう）

（つまりこれは……生顧客《なまこきゃく》！）

（まさかのユーザーとの遭遇……くそ、変な汗が出てきた……！）

百万ダウンロードを突破した後も数字を伸ばし続け、『黒き仔山羊の鳴く夜に』のユーザー数は二百万に手が届こうとしている。

だがそれでも、広告費をかけない個人運営のゲームとしては充分な成績というだけで、実はスマホゲーム市場全体からすれば微々たる人気だ。

SNSやWEB上ではファンの姿を観測できるものの、教室やら街中やらで、実際にプレイしてくれている人間と遭遇することは、関係者以外では皆無だった。

一般ユーザー……実在、したんだなぁ……。

さんざん運営続けてきて何を今更と思われるかもしれんが、SNS上だけで観測できる人気ってのは実感が湧《わ》きにくいのだ。その数字の向こう側に生身の人間がいるんだと理性でわかってても、実はAIやBOTしかプレイしてなかったらどうしようとか、非現実的な可能性を疑ってしまうものなのだ。……俺だけかもしれんが。

「あ――ッ！　またやってるそのゲーム！　もうっ、オタクくさいからやめろっての！」

「あァ⁉　オレの魂の神ゲー馬鹿にしてンのか？　マジ潰すぞ？」

姉弟喧嘩、リフレイン。

しかし何かもう茶々良の罵倒とかはどうでもいい。まったくもって気にならない。

「魂の……神ゲー……」

生で聞かされる賞賛が、じーん、と、胸に響く。

……ハッ。いかんいかん。確かに嬉しい。嬉しいが、ひとつ賞賛を浴びたからといって調子に乗るのは駄目だ。あくまで謙虚に。堅実に。意見を取り入れる姿勢で――。

「お、センパイ方も興味ありっスか？」

「え？　あ、ああ……」

嘘はついてない。（ユーザーの声に）興味があるのは本当だ。

「参考までに、そのゲームの何が良いんだ？」

「食いついてくれてマジ嬉《うれ》しいっス！　語り始めたらマジ時間溶けるんスけど――」

あ、その前置き知ってる。オタクが早口で何かまくし立てる直前に置いておく、注意書きだ。

紫式部先生とかがよく使ってるやつ。

「まずは作品自体の雰囲気、世界観っスよね！　超人気作家の巻貝なまこ先生がシナリオやるって聞いたのが触れたきっかけだったんスけど、さすがなまこ節《ぶし》って感じの重厚で濃密な引き込まれる世界観！　ひとつの館っつー小さい舞台から始まったのにどんどん予想外の方向に話が広がっていくのが最ッ高にクールで――」

先鋒《せんぽう》、シナリオ。世界観についての感想。まさしくライトユーザー代表という、『黒山羊』で一番よくあるらしい流入経路を語り出し――。

「あと紫式部先生のイラストもハンパないっス！　全然知らない人だったんスけど秒でファン

になりました！　めちゃクソ可愛いキャラの中にも微妙にリアルな色気が滲《にじ》んでるっていうか、耽美《たんび》って言うんスかね？　見てるだけでゾクゾクしてくるような実在感で、尊みが限界突破で——」

次鋒《じほう》、イラスト。キャラデザやCGについての感想。おそらく理屈ではなく直感で、紫式部先生の魅力の本質に迫り——。

「プログラマのOZさんの技術力も世界取れるっスよねコレ！　リアルタイムで自動的に変化してく館の探索要素とか、キャラの好感度と紐《ひも》づいた細かいイベント配置がサービス精神すごくて。怪奇演出のバリエもかゆいところに手が届くし、常にアップデートされてく遊びのおかげで全然退屈しなくて——」

中堅《ちゅうけん》、プログラム。ゲームシステムについての感想。最初にゲームづくりを始めたきっかけはオズの能力を世間に知らしめることだったのに意外とSNSの評判では取り沙汰《ざた》されることが少なく、歯がゆい想いをしていたのだが、それをしっかり評価して——。

「あとキャラの声なんスけど、演技力がレッドカーペットもので。あぁ〜！　それそれ！　っていうまさにピシャドンな声がスパーってハマってるのが気持ちよくて！　特にヒロインの切実な想いを吐き出すシーンなんかは胸の奥にジーンと沁《し》み込んで……あー、このままオレ、永眠するんだなーって、意識が遠のくレベルでして。正体が伏せられてるんスけど、ありゃあ只者《ただもの》じゃねえっス。SNSでは複数のプロが匿名でやってるって言われてましたけど、あ声オタ警察の皆さんも完全一致する声優さんを見つけられてないんで、オレはワンチャンまだ日の目を見てない未来の人気声優がひとりでやってるんじゃないかって――」

副将、声優。キャラクターボイスについての感想。根拠もなしに一瞬で正解の懐《ふところ》に踏み込んできやがって――。

「――でもって、そんなすげー人らをまとめてるAKIってプロデューサー。オレが今、一番尊敬してる人なんスよ！」

大将。……副将までの四人が強すぎて、そこまでで絶対勝ててしまうから、特に出番もなく強くもない、お飾りのリーダーポジのはずなのに。

何故か1オクターブ跳ね上がった予想外のテンションで語られて、俺は思わずたじろいだ。

「お、おう……？　そうなのか……」

「紫式部先生っていうどの商業出版社もゲーム会社も見つけられなかったすっげー人材を呼んで、どこからかOZさんを見つけてきて、あの巻貝なまこ先生を口説《くど》き落《お》として、オタクが誰も正体を突き止められないやり手声優を発掘してあのゲームを作り上げたんスよ？　ふつーはできねーっスよ！　実はアニメ業界のエース級のプロデューサーが、名前伏せて趣味でやってる説をオレは推してんスけど、ぶっちゃけ全然素性わかんないんスよねえ」

「お、おう」

目の前にいるぞ。

「まあでもどこの誰だとしても、クッソ面白いゲームを作ってくれてマジ感謝！　って気持ちはミリも変わんねっス！」

「あー……なんていうか、うん。……茶太郎君。きみ、良い奴だなぁ……」

「ちょ、どうしたんスか先輩⁉」

夏祭り、胸に染《し》み入《い》る、ファンの声。──なんて五・七・五が思わず浮かんでしまう。

ユーザーの声は、取り入れるのは良いけれど、振り回されてモチベーションが落ちたり、逆に調子に乗りすぎるのは非効率的だと考えてきた。だから参考にはしつつも、過度にユーザーとコミュニケーションを取ったりはしなかったんだが──。

──盛り上がりを目の当《ま》たり《あ》にできるって、素直に嬉《うれ》しいもんだなぁ。

「ふ、ふふふ……」

感慨に浸る俺の横では、彩羽も口元をムズムズさせていた。今にも満面のドヤ顔で高笑いしたいのを堪えているのだろう、かろうじて清楚な優等生面を維持したまま、にっこりと茶々良に言う。

「弟さん、すっごぉ──────く、良い子だね♪　……友坂さんと違って」

「はあ⁉　何よ、コイツはただオタトークしてただけでしょ？」

「知らないの？　何かを褒めてる姿って好感度高いんだよ？　いつも誰かと張り合ったり、粗を探して貶《けな》そうとしてるよりもず──────っと、ね？」

「む、ぐぐ……」

悔しげに声を詰まらせ、ぷるぷる震える茶々良。

そんな姿をどこか得意げな雰囲気で見やる彩羽。

――へぇ……彩羽の奴、同い年の女の子にもこんなふうに当たることがあるんだな。

初めて見る光景に意外な気持ちにさせられる。

「ちゃ、ＣＨＡＲＯの馬鹿ーっ！　アンタのせいで小日向にドヤられたじゃん！」

「知るかよ、自業自得だろ⁉」

「もういい！　とにかく覚えてなさいよ、小日向‼」

「おい姉ちゃん、前見て歩かないと危な――」

「きゃうん⁉　……あっ、ごご、ごめんなさいごめんなさい！　ぶつかったのは前方不注意のアタシが完全に悪かったですごめんなさい」

「はあ……」

彩羽を指さしながら早足でこの場を離れようとした茶々良が他の客にぶつかって平謝りしている姿を見て、茶太郎が顔を覆う。

手のかかる姉を持って毎日苦労してるんだろうなぁ。すごく共感できる。

「それじゃ、姉ちゃん迷子になったら面倒なんでオレも行くっス。えーっと……あ、そういえば先輩、お名前は？　そっちはいつも姉ちゃんが話してる小日向先輩っスよね」

「はい。小日向彩羽です♪　で、コチラは私のセンパイの――」

「大星明照《おおぼしあきてる》だ」

「大星先輩っスね！　オレ、すぐ近くの香西《こうざい》中なんでまた会ったらオタトークよろしくっス！　先輩が『黒山羊』をプレイした感想、聞きたいんで！」

「あ、ああ……また今度な」

今すぐにでも72時間ぶっ通しで語れる知識量だけど、そもそもそんなことする気はないので生返事をしておく。さすがに長々とやりすぎるのは時間の浪費が激しいが……機会があったら、二時間くらいなら使ってもいいかもな。

「ほらいつまでボーっとしてんのよクソガキ！　早く行くわよ！」

「あァ？　うるせえBBA！　今行くっつーの！」

喧しく言い争いながら去っていく姉弟。

二人の背中に軽く手を振り見送った後、彩羽は清楚なニコニコ顔のまま、べーと舌を出して。

「お・と・と・い・来・や・が・れ☆」

「その顔でその台詞を明るい口調で言えるあたり、ホント器用だよな」

「未来の人気声優ですから。ドヤァ！」

「調子に乗んな」

さっきの感想を引用する形で得意げに胸を張ってみせる彩羽にサクっと釘《くぎ》を刺す。気持ち

べー

はわかるが、慢心は蜜《みつ》の味をした毒である。《5階同盟》の未来のためにも、目先の、見る目のある最高に愛らしいファンのよくわかってる深い考察を含んだ非常に参考になる嬉しすぎる声に惑わされてはいけな（ひゃっほーい！　あー、もっかい言ってくれないかなー！）おい待て、妙な雑念混ざってるぞ落ち着け俺！

——深呼吸して、閑話休題。

それにしても、いろいろと嵐《あらし》のような姉弟だった。

クラスのLIMEグループの誘いを断って、見栄のためだけに弟にニセ恋人役を頼むなんて。どうしてそんな発想になったんだか意味不明だが、世間にはよくわからん意思決定をする人間もいるもんだなぁ。

って、いや待て。ニセ恋人関係を演じてるって意味では、俺と真白も同じか。

もしかして俺達、客観的に見たらかなり滑稽《こっけい》なことしてるんだろうか。

……考えるのはやめとこう。人には思考停止しなければならない時もあるんだ。うん。

「そういやあの友坂って子と、仲悪いのか？」

「んー、まー、良くはないですね」

「クラスメイトにもあんなふうに突っかかることあるんだな」

「う～ん、私も学校でのポジあるんで、あーいう姿は見せたくないんですけどねー。どーにもあの子には調子をくるわされるっていうか」

彩羽はむーん、と難しい顔になる。

「教室ではうまく立ち回りながら、ギリギリのところで踏み込まれないように誰に対しても、いい感じに間合いを管理してるんですけど。あの子、平気でグイグイ押し入ってくるんで……。頼んでないのに寄ってくる感じで、何かこー、すっごくやりにくいんです」

「なるほど、共感できる」

「何か他意を感じるのは気のせいですか？」

「他意も何もストレートに俺にとってのお前だよ」

「えぇーっ⁉　一緒にしないでくださいよう！　友坂さんはただウザいだけ、私は可愛い可愛い妹じゃないですか！」

「妹じゃなくて、友達の妹な」

即座に訂正。

一単語足りないだけで全然違う意味になるから、言語は慎重に扱ってほしい。

「まーそーゆーわけなんで。あの子とはあんまり関《かか》わりたくないんです。ぶっちゃけ」

「なるほど……」

憤慨する彩羽の横顔を見ながら、俺はふと気づく。

……怒ってはいるが、硬さはないな。

清楚で当たり障りのない優等生の仮面を、最も剝がしているのが険悪な仲である友坂茶々良であるという事実は、彩羽の親友づくりにおいて何かしらのヒントになりそうな気がした。

ただの好意的な関係性だけじゃなくて。

彩羽が強烈に苦手だったり嫌いだったりする相手の中にも、可能性を模索できる人物がいるかもしれん。

好きの反対は、無関心。「嫌い」は、けっして「好き」の反対ではないのだから。


「あ、小日向さんいたーっ！ もー！ めっちゃ捜した幸之助なんだけどぉ～」

友坂姉弟と別れた後、わりとすぐのこと。

雑踏の中でも耳に響く甲高い声に振り向くと、彩羽のクラスメイトたちが、大きく手を振りこちらに歩いてくるのが見えた。

ところで「捜した幸之助」って、超有名な日本の歴史上の人物をもじってるんだろうけど、完全にただのダジャレだよな。ＪＫ語とオヤジギャグって何が違うんだ？

と、俺が性差年齢差の残酷さに思いを馳《は》せていると。

「みんな～、ごめんね。はぐれちゃって～」

彩羽が適度な軽さを織り交ぜた、キャピ度の高いノリでクラスメイトたちと合流した。

手のひらを合わせ、黄色い声を上げ合う姿は、まさしく若き陽のＪＫ文化。

陰の世界に生きる俺にはやたらと眩《まぶ》しかった。

「あれ、そこの人は？」

「中学のときの部活のセンパイだよー。さっき偶然バッタリしたから、思い出話に花を咲かせてたんだー」

「へえ、そうなんだぁ～。あ、センパイさん、こんちゃーっす！」

「あ、ああ。こんにちは」

我ながら返事がすこしたどたどしい。悪いか。陽キャ女子に話しかけられた経験に乏しいんだよ。てかどうしてこんなフランクに話しかけられるんだよ。こええよ、JK。

「もしかしてセンパイさんって、小日向さんの彼氏だったり？」

「からかわないでよー。そういうんじゃないってば。彼氏はいないって言ったでしょ？」

「──それもそっか！」

「だよねー」

おい、あっさり納得すんな。……いやべつに彩羽の彼氏と勘違いされたいわけじゃないぞ？ただ客観的に釣り合わない事実を指摘されりゃ誰だって傷つくわけでな。

『ご来場の皆様、大変お待たせいたしました。間もなく打ち上げ開始でございます』

格差の頭上を美声が通る。あちこちに設置されたスピーカーが発する、会場内アナウンスの声だ。

親鳥の鳴き声に反応する小鳥のようにJKたちがピヨピヨ囀《さえず》り出す。

「おっ、花火クルー？」

「花火楽しみすぎてマジヤバない？　えっ、あげみざわ。えっ、語彙力」

「ワンチャン、センパイさんもトゥギャってブチアゲハ？」

それは俺に話しかけてるのか？

日本語からあまりにも逸脱した異国語っぷりに俺は絶句した。

は、はあ、と変な汗を掻《か》きながら曖昧《あいまい》な笑みを貼《は》りつけることしかできない俺を見かねてか、彩羽が密《ひそ》かに答えを囁《ささや》いて。

「センパイも一緒に盛り上がりませんか？　って言ってるんですよ」

「あの暗号の中にそんな意味が……」

お誘いを受けていたわけか。見ず知らずの年上男を誘うとか、陽キャ女子ってその生態を俺があまり知らないだけで実は結構イイ奴が多いんだろうか。あるいは男を誘い慣れてるビッチの証《あかし》なんだろうか。

まあそのどちらだとしても関係ない。どちらにしても、俺はその誘いに乗れないのだから。

「悪い。俺は……」

「わかってます。真白先輩、心配ですもんね。何なら私も——」

「や、それは大丈夫だ。彩羽は、友達と一緒に花火を楽しんでくれ」

「……ん。りょーかいです☆」

他の子にバレない程度のウザモードでニコリと笑うと、彩羽はＪＫのひとりにじゃれついた。

「ダーメだよ。センパイはこのあとカノジョと待ち合わせてデートなんだから。邪魔しないであげて」

「な……おい、彩羽──」

「デ、デ、デート、ですよね？　センパイ」

その単語を強調するように強く発音し、彩羽はじっと瞳《ひとみ》で訴える。

……ああ、そうだったな。

今日の俺は真白との偽装デートを全力で成功させんとする最低クズ野郎。ここで即答できるくらいじゃないと、ニセ彼氏なんてやってられない。《５階同盟》のためというなら、ここは彩羽に乗っかるべきで。

「──ああ。実は、そうなんだ。ちょっとはぐれちゃったけど、カノジョと来ててさ。寂しい想いをしてるだろうからちゃんと捜して、一緒に花火を見ないと」

「あっそーなんだ！　そうと知らずに引き留めちゃってマジＫＹでメンゴリアン！」

「……さっきから気になってたんだが、それは本物のＪＫ語なのか？」

「本物とかウケる。こんなん気分で変わるし！」

そういうものなのか。いや、案外言語なんてその程度のものなのかもしれないな。

適当。いい加減。アバウト。

陰の者たる俺や真白には受け入れにくい感性で。二人の関係性の定義だとか、誠意だとか、そういう面倒なものに左右されず、多少のガバガバを許容するぐらいの方がきっと生きやすいんだろうけど。

今更、生き方なんて変えられないよなぁ。

「じゃあ、また。みんな彩羽と——小日向と、仲良くしてやってくれな」

「モチモチプリン！」

「真白先輩をよろしくお願いしますね。センパイ♪」

絶対にたった今考えたであろう言葉とともに笑うJKと、ニッコリ微笑んだ彩羽に手を振り俺はふたたび真白を捜す孤独の旅に出るのだった。

＊

もうすぐ花火が上がろうとしていた。

隣にはまだ、真白がいない。

花咲くのを待ちわびてそわそわと瞬く星で埋め尽くされた夜空をひとりで見上げて、何してるんだろうなぁ自分、という気持ちになってくる。

この夏祭りに至るまでの数日間は、久々に作業に追われない落ち着いた日々だった。

や、収録準備とか告知用バナー作りとか宣伝スケジュール作成とか、細々した仕事はあったけどな？

学校の課題とかもあったし世間一般の基準からすれば『忙しい』の範疇《はんちゅう》かもしれないが。

ほんのすこしだけ効率に目を瞑《つむ》った、ゆとりある日々だったと思う。

オズが積みゲーを崩したり、紫式部先生がグラファン7リメイクにうつつを抜かせているのがその証拠だ。

どうしてそんな余裕の時間が生まれたかというと、元を辿《たど》れば海の出来事。

カナリア荘で、一週間の突貫工事で次の新キャラ——黒龍院紅月を完成させられたのが大きい。

本来なら二週間以上かかる作業が一週間で終わったことで、余白ができた。

画面いっぱいギチギチに色が塗られた俺の人生に突然穿たれた、真っ白な余白。

あまりにも目につくそれの上手《うま》い扱い方が、全然わかってないんだなと思い知らされながら、俺は人々の流れに逆行するように歩いていく。

真白はいない。

元いたベンチに戻ってきたけれど、そこにも尋ね人の姿はなくて。

トイレも見つけたけれどもぬけの殻で。

さっきからひとりで歩き回っている俺の姿がよほど哀れなのか、屋台のおっさんたちがチラチラと見てくる。

視線の中にはさっき真白が怒涛《どとう》の課金攻略を見せつけた金魚屋のものもある。

俺と真白のデートシーンを目撃した人達には、俺がフラれたように見えてるかもなぁ。

フッたのは、俺の方なんだけどな。

「そうだよな……フッたのは、俺の方なんだよな……」

真白のことを考える。

そういえば《5階同盟》のための偽装デートである事実しか見えていなかったが、真白にとって、これは自分をフッた男とのデートなわけで。

さっき友坂茶々良が見栄のために弟に恋人役を頼み、偽装デートをしている姿を見たとき、何を思った？

そこにひとかけらの滑稽さや、みじめさみたいなものは感じなかったか？

今日の真白の、一挙手一投足を思い出す。

デートシーンを、そこに至る経緯を、つぶさに頭の中で再生する。

俺の主観ではなく。

一般的に。

そう、あくまで一般的、客観的には。

滑稽……だったよな……。

そして真白は誰よりも、自分が滑稽だったり、みじめだったりすることに敏感なはずで。

『真白だって、プライドとかあるもん。取り柄もないし、明るい子達に交ざれたりしないけど、でも、あんなふうに晒《さら》し上げされたら傷つくもん』

たった二、三ヶ月前かそこらの話。薄暗い映画館の中。転校前の学校でいじめられた記憶を思い出し、膝《ひざ》を抱えて泣いていた真白の台詞。

あのときは彩羽に助けられなかったら、いじめっ子を撃退してもらえなかったら、前に進めなかった。自分の力では何も解決できなかった。

でも、今日の真白は。まるで。

小さい頃に何ひとつ自分の手でできなかったことを、ひとつずつ塗りつぶしていこうとしているかのようじゃなかったか？

ひゅ――――……どぉん……パラパラパラ……。

最初の一発目の花火が打ち上がり、境内からは歓声が上がった。

七色に弾《はじ》けた光の雨。

小さい頃は地面からは拝めなかった高嶺《たかね》の花は、今では木に登る必要もなく見ることができた。

それでも掴《つか》み取るには夜の空は高すぎて、手を伸ばしても届かないわけだけど。

——ああ、そうだな。もう一個あったな。

かつて真白が自分の手で成し遂げられなかったこと。

もし、そのすべてを、みじめでもいいから、滑稽でもいいから、クリアしていくってのが、今日の真白のテーマなんだとしたら。

「薄暗くて、ちょっとだけ高い場所……か」

真白が転校してきたばかりの頃。ショッピングセンターの映画館に隠れていた真白を見つけたときのことを思い出し、俺はそうつぶやいた。

あいつはきっとそこにいる。

だが、そこに行く前に俺自身、答えを出さなきゃいけない。

ボロボロになりながらも前に進もうとしてる真白のために、俺はニセ彼氏として何をしてやれるのか？

それは《5階同盟》のため……だけじゃなくて。

月ノ森真白という、ひとりの女の子に、ひとりの男として向き合うために。

考えて、考えて、効率的に高速回転する脳味噌が、今日一日の記憶を走馬灯のように再生し。

そしてその結果に、ある閃《ひらめ》きと、納得。あきれた真実に思い至る。

——なんだよ。そういうことかよ。

もし俺が今、導き出した答えが本当なのだとしたら。俺から真白に与えてやれるプレゼントは、これだけだ。

ポケットの中からスマホを取り出し『その人物』に電話をかけると、俺は真白がいるはずのあの場所——花火を見るためのベストスポットへと、走り出した。

＊

『花火の打ち上げ、始まっちゃったねえ。果たして間に合うのかな？』

『間に合わせるさ。彼氏の威厳に懸けて、な』

Tomodachi no imouto ga
ore nidake uzai

友達の妹が
俺にだけ
ウザい

008

Tomodachi no imouto ga ore nidake u

第8話　『友達の妹』と二人だけの花火

はしゃいだ声に満ちた境内の裏側、誰《だれ》も立ち寄らない本殿の裏手に大きな木が生えている。

本殿の建物よりも高く伸び、太い幹と枝を持つ大木《たいぼく》。

表で大勢の注目を浴びてる花火とは正反対に、誰にも見つけられることなく、ただひっそりと隠れ潜んでいる。

だけど目立たない場所にあるそれが意外と力強く、頼れる存在だってことを俺《おれ》は知っている。

俺達は、知っている。

「――やっぱり来てくれた」

「待たせてすまん。気づくのに遅れちまった」

陰の場所のさらに陰。

ひゅ――――――……どぉん……パラパラパラ…………。

花火の上がる音も、人々の声もどこか遠く、たった数メートルの距離なのに別の世界に切り離されてしまったかのように感じる場所で。

真白《ましろ》は待っていた。

「遅すぎ。花火、始まっちゃったよ」

「悪い。捜しに出たのはいいんだが、全然見つからなくてな」

「彼氏なら真白がどこにいても秒で捜せたはず。練度が足りない。反省して」

「お、おう……」

容赦のない怒涛の毒舌攻撃。久々に純度１００％の毒を食らい、胸を押さえる。

しかしすぐに真白はくすっと笑って。

「ごめんね。こんなとき、意地悪を言うぐらいしか会話のカードがなくって」

「もうすこしデッキを増やしていこうな。……俺も人に偉そうなこと言えんけど」

実際、真白の気持ちは俺もよくわかるんだ。

自己評価の低い人間ってやつは、他人に対しても良いところよりも悪いところを見つける方が何倍も簡単だから。

彩羽《いろは》や彩羽のクラスメイト、さっき出会った『黒山羊《くろやぎ》』のファンだという中学生、友坂《ともさか》茶太郎《ちゃたろう》のようにゼロカロリーで他人を褒められるような人種とは、根本的に違う。

俺や真白のような人間は、全身全霊を以《も》って、念という念を両目に込めて、ようやくひとつの長所を見つけられる。

悪口。悪罵《あくば》。罵詈雑言《ばりぞうごん》。――そんな毒舌の刃を振りかざすのが真白にとって最も簡単な会話だとしたら、俺にとっては正論の刃という、時に切れ味鋭く他人の心を傷つけかねない会話がそれだ。

要はヘタクソなんだ。俺も真白も。

本当はそういうの、得意じゃないから。言葉を重ねれば重ねるほどボロが出る。

化粧直しすら覚束《おぼつか》ない付け焼き刃のオシャレのように。

ツギハギだらけのグダグダなニセ恋人関係のように。

——だから、言葉以外の方法で、真白は俺に伝えたいはずなんだ。

「アキ。この木、覚えてるよね？」

真白は木肌を撫《な》でてその大きな木を見上げる。

「ああ。小さい頃、お前の兄貴——深琴《みこと》の奴《やつ》と、俺で、登った木だ。そこからなら子どもでも花火がよく見える特等席だったから」

「うん。そして、真白が登るのを諦《あきら》めて……そのせいで、アキまで諦めちゃった」

「運動神経が不要な場所を探せなかった俺の責任だろ」

「真白はそう思わなかったよ。……だから、あれから真白、夏休みになってもお祭りには来なかった」

言われてみれば、あれが俺と深琴と真白の三人で来た、最後の夏祭りだった。

「アキに迷惑に思われるのが怖くて、逃げたの」

「べつに迷惑だとか思ってねえよ。たかが花火で俺の人生に損なんてあるもんか」

「知ってる。アキは優しいもんね」

数少ない褒め言葉カードをデッキから引いて真白は笑う。

「友達じゃないのに気に掛けてくれる、ホントに優しい人だった」

「……何言ってんだ。友達だったろ。いまはニセ彼女だけど。少なくとも、あのときは」

「ううん。アキにとっての友達は——対等な友達は、お兄ちゃんだけだった」

卑屈にも思える真白の発言。

だけど俺は、それをハッキリと否定《ひてい》できなくて。

「真白はあくまで友達の妹。お兄ちゃんの妹だから一緒に連れて行かれただけで、真白だから隣にいてくれたわけじゃないよね」

「……ガキの頃は、そこまで論理的に考えてたかどうかもわからん」

否定はできないんだ。

何故《なぜ》なら、否定できるほど、当時の自分の思考に自信が持てないから。

もし深琴がいなかったら、女の子である真白と積極的に一緒に遊ぼうとしたりしたのか？

そう問われると結構な難問だ。

誠実に在《あ》ろうとすれば、いい加減には否定できない。

「ま、アキがどっちだとしても関係ないけどね。真白はそう思った。ただそれだけだから」

「……それもそうだな」

結局、人間関係ってのは思い込みだ。

自分がそうなんだと定義したら、それが正解になる。

真白が、自分自身を『友達の妹』でしかないと思っていたんなら、真白にとってそれが正解。

そこに俺による真偽判定なんて不要なのだ。

「だからこれは自己満足。真白が真白に自信を持てるように。『友達の妹』を卒業できるように。過去に置いてきちゃったモノを全部拾っていくだけの、アキには何も関係ないイベント」

「偽装デートのついでに、そんなことを仕込むとは。ずいぶんと余裕だな？」

「あはは。たしかに。でも、アキが真白だけを見てくれる機会なんて、今くらいだから」

それは《5階同盟》全員のことを言ってるのか？

それとも誰か……特定の誰かに、俺が目を奪われているとでも、言いたいんだろうか？

どっちでもいい。たとえどんな意味だろうと今この瞬間、俺が見つめなければいけないのは目の前の月ノ森《つきのもり》真白という女の子だけなのだから。

告白にＯＫの二文字も返せないくせに、気を持たせるようなことをするのは、最低のクズ男の所業だけど。

今の俺は、真白のためにあえてクズに徹したい。

「注文通り、見ててやる」

「え？」

「だから……よっ……と！　……ほらっ、ここまで来い！」

勢いよく駆け寄るや否《いな》や跳躍し、真白の横から幹を蹴《け》りつけジャンプして、俺はひらりと枝に飛び乗った。

小学生の頃はやたら高く感じた大木。あのときは苦労して地道に登ったもんだが、高校生になった今ではずいぶんと簡単に感じた。

「アキ……真白のしたいこと、わかってたんだ……」

「ああ。見せてみろよ、強くなった真白の姿を」

「う、うん……！」

今の俺達に木に登る必要なんか欠片《かけら》もない。

大人と同じ背丈になった今、大人の背中しか見えないなんて切ないことは起こり得ない。

木に登る時間を使うくらいなら、すぐにでも境内に戻って夜空を見上げ、ひとつでも多くの打ち上げ花火を見た方がよっぽど効率的だ。

俺は今、効率の外側にいる。

「一発でカッコよく登ってみせる。いくよっ……そ……りゃあっ！」

下駄《げた》を脱ぎ、浴衣の袖《そで》をまくって気合いを入れて、真白が跳ぶ。

そして。

「ぶみゃっ」

びっ……たぁ――ん！　と。顔から派手にぶつかった。

おいおい。死ぬぞ。

普通ならブレーキをかけるところで一切《いっさい》止まらず、Ｇの赴くままに激突って。

「だ、大丈夫か？」

「だ、だいじょぶ。すこし鼻血が出てるだけ」

「それは全然大丈夫とは言えないやつだな……」

「死んでないなら、かすり傷」

ひた向きに挑戦を重ねる一流のビジネスパーソンのような男らしさで真白は、鼻血を拭《ぬぐ》うこともせず、ふたたび巨木と対峙《たいじ》する。

「て……りゃ！」

しかしいくら真白が逞《たくま》しく成長したと言っても、所詮《しょせん》は精神面の話。

ちょっと前まで引きこもりだった彼女の運動性能が小学生の頃からどれだけ進化しているかというと、腕力、脚力、センスといったパラメータは限りなくゼロ。

根性論だけで運動スペックを覆せるなら誰もが今から一流のアスリートだ。

世界はそんなに甘くない。

幹を摑《つか》めば木の皮が剝《は》がれ、足をかければずるりと滑り――……。

その浴衣レンタルだからボロボロにしたらまずくないか？　と俺がこの青春場面に不適格な

正論を述べると真白は「弁償費なら無限に出す」とこれまた青春失格の成金発言をし——……。

それでもこれは紛《まぎ》れもなく——。

「引っ張り上げてやろうか？　そろそろ花火が終わっちまうぞ」

「……いい。真白がひとりでやれなきゃ、意味ないもん。強くなれなきゃ、真白はいつまでもアキの隣に並べない……！」

——紛れもなく、『月ノ森真白の青春』だった。

なら俺は。

俺はどうする？

効率的に考えたら、こんな泥臭いチャレンジなんて無意味だ。

最短の方法——俺の手を借りて登れば、その分たくさんの花火を特等席で見られる。

いや、そもそもの話、大人になった俺達は、木になんか頼らなくても、大人の壁に邪魔されることなく花火を楽しめるんだ。

なのにこんな非効率的な手段を使って、見られるはずの花火の数をみすみす減らしていくなんて、愚の骨頂。恋やら青春やらにうつつを抜かして損をする、典型的な思春期どもの所業。

でもそんな真白に付き合ってやると決めた俺は、ただの同類で。

だから俺は——。

「アドバイスはいいよな？」

「え？　……でも、それだとアキの……」

「手は貸さない。だけどこれは、俺の性《さが》だ。プロデューサーとしての、俺の性。そんな泥臭い覚悟を見せつけられたら、お前をプロデュースしたくて仕方なくなっちまった」

――だから俺は、『大星明照《おおぼしあきてる》の青春』で打ち返す。

その意図を知ってか知らずか、真白は素直にうなずいた。

「うん。……ありがとう、アキ。ううん、プロデューサー」

「わざわざ物語のクライマックス風に呼び方を変えんな。トップアイドルに導くならともかく、ただの木登り指導だろ」

「む。ひどいよ、アキ。盛り上がりに水を差すなんて。さい……ていっ……！」

不満をこぼしながらも跳躍。

当然のように失敗。

「一気に登ろうとするなよ。敵の姿をよく見ろ。足を引っかけられる場所を探せ」

「引っかけられる場所……」

言われた通り冷静に木を観察する。

これまでがむしゃらだった真白に落ち着きが生まれ、視野が広がる。

「見つけた。ここを、うまく使えば……！」

希望を見出し、挑戦。

べりっ。

「――ひゃふん⁉」

惜しくも失敗。

ちょうどいい突起ではあったものの、その部分は脆《もろ》くなっており皮がめくれるのも早かった。

「三点支持を意識しろ。両手両足のうち、三つだけでもバランスを取れるようにするといい。どこかに体重がかかりすぎると今みたいに木が剝がれたときに落ちる。片足が宙に浮いてても三点でバランスを取れていれば落ちずに済む」

「三つの、点で……」

教えを反芻《はんすう》しながら木を摑む。

体重のかけ方を知らなかった真白が、初めて理屈で木を向き合う。

「こう……かな……ふっ、んんっ……！」

「そうだ。そしてもっと木に体をくっつけろ。抱きしめるレベルでいい」

「みっ……ちゃく……！」

ぷるぷると震えながらコアラのようにしがみつき、ゆっくりと体を持ち上げていく。

クールな登攀《とうはん》とはとても呼べない不格好な姿。

みっともなく、情けなく。

頭上で容赦なく輝き続ける花火に、みじめだと嘲笑《あざわら》われているかのように感じるのは、流石に卑屈が過ぎるか？

それから何分が経《た》っただろうか。まるで合理性がないように感じる時間。あまりにも迂遠《うえん》な、人生の密度が低すぎるイベント。

トライ&エラー。

そう呼べば聞こえはいいが、それが推奨されるのは大きなリターンがある時だけだ。

何も得られない。

何の意味もない。

だけど。

──真白の自己満足になるなら、それは、それだけでも価値があるし意味もある。

そしてそれは俺自身の自己満足でもあって。

真白の青春に付き合ってやることで、コイツの本気の想《おも》いに応《こた》えられずに回答を先延ばしにしている自分をすこしでも許してもらおうとする、最低野郎ならではの浅ましさ。

「ん……んんっ……」

そうだ。その調子だ、真白。

「く……うぅ……もう、すこし……」

ああ、もうすこしだ。あと数センチ体を浮かして、手を伸ばせば、そこが目的の枝だ。

「ひゃあ⁉」

。

……！　いや、大丈夫。バランスを崩したようだけど、教えを守って三点支持を意識できていたおかげで、落ちてない「こ……こで……負けて……たま、る、かぁ……っ」

そうだ。負けるな。

「これぐらいの壁、乗り越えて……真白はっ……」

行けっ、真白……！

「彩羽ちゃんに……勝つんだからぁっ……‼」

そうだ！　彩羽に――ん？

いや待て真白、お前今なんて言った？

花火の音がさっきから喧しく聴こえ続けているものの、断じてラブコメ主人公ではない俺の耳は真白の台詞《せりふ》をしっかり聞き取っていた。

彩羽に勝つ？

何の分野で？

どんな領域で？

……いや、わかってる。

文脈からして答えはひとつなんだ。

真白は彩羽のことを恋のライバルと認識してる。

確かにそうなってもおかしくないんだ。

だって、彩羽は。あのウザ絡みは。ウザい彩羽は。

可愛《かわい》いんだから。

可愛いとはイコール異性として魅力的ってことなんだから。

なら第三者から見たとき、俺と彩羽の関係は紛れもなく男女の仲なわけで。

だからこそ月ノ森社長も二人の関係を疑ってきたし、俺も一時的に彩羽と公共の場で近づくのをなるべく避けるようにした。

——そうか。真白のこの行為は、ただ弱い自分を克服したいだけじゃなかったんだ。

目標は、俺の隣に立つことだけじゃない。

俺と対等な立ち位置でやり合っている、彩羽の隣に立つことだったんだ。

だから、『友達の妹』を卒業し、その先へ進もうとした。

空で輝く花に手を伸ばすためにボロボロになりながら高みを目指す真白。

蠟《ろう》の翼《つばさ》を得て太陽を摑もうとしたイカロスは、分不相応な願いを抱いた罰を受けて地に堕《お》ちた。

「うっ……ああああああああああああああ‼」

だけど、真白の翼は。

ごてごてに塗りたくった蠟が、灼熱に焼き尽くされるよりも先に。

「届いっ……たぁっ……!!」


太陽に、至った。

真白の小さな手が、摑み取った。

そして夜空では、過去の忘れ物を返して木登りを成功させた真白を祝うような大輪の花火が。

――――――………………。

咲かない。

空は暗く、辺りは静寂。

ひとりの女の子の頑張りを祝福してくれるような、粋《いき》な花火はそこにはなく。

「あはは！　やった！　アキ、見てた？」

「……ああ、しっかり見てた」

だけど真白はそんなことに気づいた素振《そぶ》りも見せず、汚れに汚れたボロボロの顔で屈託《くったく》なく笑ってみせる。おいおい、化粧崩れを気にしてたお前はどこへ消えたんだ？　なんて野暮《やぼ》なことが一瞬でも脳裏《のうり》を過《よぎ》ってしまう俺は、本当に青春適性が低いクソ野郎なんだろう。

「頑張ったな、真白」

「うん、頑張った。人生イチ頑張った」

「それは大げさだろ」

「真白の運動センスのなさをナメすぎ。こんな大きな木を登れたなんて、快挙」

「堂々と言うようなことか？」

「ちがうよ」

真白はふるふると首を振り、それから胸を張ってこう言った。

「堂々と言えるようになったの」

「……ああ……」

運動センスがない。そんな自分の弱みを指摘されたり、さらけ出すことを真白は極端に嫌がっていた。

自信のなさ。メンタルの弱さ。それらは肥大化したプライドの裏返し。

傷つけられることを避けて、殻の中で守られ続けたプライドは、削れることなく無限にその体積を増していった。

だけど今、自分の弱さと正面から向き合って、そして打ち勝った真白は。

ひとつ、弱みを受け入れることができたんだ。

「花火は見られなかったけど。……アキの隣で、ここにいられる。真白は、それだけで満足」

「お、おい真白？」

真白が、俺の腕に寄り添ってきていた。

木についた土で汚れた浴衣、汗でぐっしょりと濡《ぬ》れた肌。

しかし触れて感じたことといえば、不快感などではもちろんなくて。真白のやわらかな感触も、ほんのりと香る汗の匂《にお》いも、すべてが甘やかな毒のように俺の脳を痺《しび》れさせてくる。

「これくらいのご褒美はいいでしょ？　カノジョの特権」

「や、それはまあ……恋人を演じるなら、これくらいは、と思うけどさ」

「でしょ。花火、見られなかったんだもん。クエスト達成報酬がないと、クソゲーって言われちゃう」

その通りだ。ゲームを作ってる俺としては、その意見には納得しかない。

だけどな、真白。お前、一個間違ってるぞ？

「花火なら、見られるぞ？」

「えっ」

「時間切れだったときのために保険をかけといた。彼氏として、頑張ったお前にご褒美を用意してあげられないんじゃ失格だからな」

「へ、へえ。良い心掛け。……もしかして、線香花火とか、出店で買っておいてくれたの？」

慎ましやかだけど、二人でやるから最高の思い出になる。

数多の物語でやられ尽くした、ありきたりな……だからこそ普遍的な魅力を備えた、最高にロマンチックなシーン。

もし俺の人生という物語がラブコメなのだとしたら、そんなふうにクライマックスを迎えるのが様式美なんだろう。

──だけどこれは現実だ。そして俺はラブコメ主人公ではなく、大星明照っていう、ひとりの実在する人間だ。

だからこそみんなが選ぶような王道の、綺麗《きれい》な展開を再現するような能力なんてない。

俺にできるのは、ただただ俺と同じ境遇なら誰でも思いつける、平均的な手段。

「真白、しっかり見とけよ」

「えっ、と……？」

困惑して瞬きする真白の前で、俺はスマホを取り出した。

そして、俺は通話ボタンを押して言う。

「準備ＯＫです。上げてください」

それが、合図。

ひとりの女の子の頑張りを祝福してくれるような、粋な花火はそこにはなかったけれど。

ひとりの女の子の頑張りを祝福するためだけの花火が、そこにあった。

「――よく頑張ったな、真白。お前、ホントにすげえよ」

「え……えっ……？　アキ、これって……」

「言っただろ。保険で用意しといた、一番デカい打ち上げ花火だ」

「そ、そんなの、見ればわかるっ。そうじゃなくて、おかしいでしょっ。なんで、アキの合図で、花火が……」

「スパイの正体に気づいたんだ。だから、できた」

「スパイ……お父さんの、監視のこと？」

「ああ。伯父さんはああ見えて超有能な経営者。監視の目を強化すると言ったからには、俺達のニセ恋人関係がうまくいっているのか、俺の周りに他の女の存在がないか、本当に探りを入れるはずなんだ。有言実行を重ね続けて、今のハニプレがあるんだから」

やると言ったからには、監視はいる。

問題は、どこにいるかだ。

一体誰が俺達の挙動を観察しているのか。

その答えは、シンプルだった。

「夏祭り運営のおっさん連中。屋台を出してたり、祭囃子を演奏してたり……花火を打ち上げたりしてる人達。――全員が、スパイだったんだ」

記憶を冷静に辿《たど》ったら答えは明白。

祭囃子はハニプレの人気作グランドファンタジー7リメイクのテーマ曲をアレンジして使っていた。

当然使用には許諾が必要になるわけだが、もしこの夏祭りそのものがハニプレの協賛を得て開催されていたとしたら？

もちろんそれだけでは不確定要素が多いのだが、もうひとつ傍証がある。

真白が金魚すくいにチャレンジしていたときのことだ。

『何言ってるの、アキ。当たるまで回せば排出率は100％』

『だから作家特有の一瞬納得しそうになるゴリ押し理論はやめろ！』

『離して！　真白は絶対に、止まらないから！』

『なんという威勢。金持ちの家のお嬢さんは違うってことかねえ……よっしゃ、おっちゃんも腹をくくった。カノジョさんの漢気に応えるぜ、新しいポイを受け取りな！』

『おじさん、助かる……！　見ててアキ。これが真白の、覚悟……！』

こんなやり取りがあったが、金魚すくいのおっさんが、真白を『金持ちの家のお嬢さん』と言い切ったのは何故だろうか。

俺は会話の中で真白のことを作家扱いしていた。実態はまだデビュー前の、担当付きなだけのセミプロ作家だが、世間一般の人が想像する作家ってのは、何となく印税でたくさんお金をもらっていそうな作家先生の姿ではなかろうか。

だとしたら、金遣いが荒い理由を大富豪の令嬢と断ずるよりも、人気作家と勘違いする方が流れとしては自然のはず。

でも真白のプロフィールをあらかじめ知っていたのだとしたら？

もちろんどれも状況証拠でしかない。

裁判だったらこれを理由に相手を裁くことなんてできやしない。

でもそこまでの証拠能力なんて不要。要は真実がそうであれば構わないのだから。

あのタイミングでニセ恋人関係に釘《くぎ》を刺された俺と真白が、夏休み最後の大イベントである夏祭りを偽装デートの舞台に選ぶ可能性は、かなり高い。

月ノ森社長はそれを先読みして、運営のおっさんたち全員に、俺と真白の様子を監視しろと命じた――その可能性に賭《か》け、俺はここに駆けつける直前、月ノ森社長に電話をかけたんだ。

『俺達を監視してますね？　運営の人達を使って』

『エークセレント‼　よくわかったねぇ～』

『まったく、とんでもないこと考えますね。普通、夏祭り全体をプライベートな都合に巻き込んだりします？』

『キミだってプライベートな都合に《5階同盟》の仲間達や僕の会社を巻き込んでるだろう？　同じことさ』

『それを言われると痛いですね……』

『公私混同、大いに結構。軍隊式の組織構造がもてはやされた時代ならいざ知らず、これからは個人の時代――をさらに飛び越え、閉ざされたコミュニティの時代に回帰する。インフラ系の仕事ならともかく、クリエイティブな仕事に公も私もあるものか』

『詐欺っぽい詭弁《きべん》な気もしますけど』

『う～ん、聴こえないなぁ～。僕ってばラブコメ主人公ばりのモテ男だから、都合の悪い台詞はフィルタリングされる仕様になってるんだよねぇ』

『他人のモテには嫉妬《しっと》するくせに、そのダブスタっぷりは正直どうなんですか』

『大人はいいんだよ、大人は！　恋とロマンスなんてのは、青春時代を犠牲にしてきた大人の贅沢さ』

『まあでもその大人の贅沢を、嘘《うそ》でもいいから味わってみせろと言ったのは社長ですよね？　ならひとつだけ、真実を暴《あば》いたご褒美をくれませんか？』

『言ってみたまえ』

『プライベートの事情に夏祭りを巻き込むような破天荒なあなたにお願いします。たった一発――そのひとつだけで良いんです。とっておきのひとつを――俺と、俺のカノジョのために、使わせてください』

そうして実現したのが、たったひとつの大輪の花……では全然済まなくて。

どどん……ドドン……！　ドドドドン……！

百花繚乱《ひゃっかりょうらん》。

静寂の後に残されていたのは、派手な打ち上げラッシュだった。

「誰がそこまでやれと……ホント親馬鹿《おやばか》だな、あの人は」

迷惑をかけるのは一発きり（100万円相当）でよかったのに。それだけならもし損害賠償とか請求されることになっても《5階同盟》の予算で補塡《ほてん》できるなーとか計算があったのに。

月ノ森社長め、娘のために勝手にリスクを上げやがった。

まあ、もっとも、ハイリスクには――。

「すごい……きれい……」

――ハイリターンがつきものなんだけど。

闇《やみ》を彩《いろど》る光の雨を浴びた真白の、硬さも氷も全部がとけた嬉《うれ》しそうな横顔を見ていたら、

それだけで無茶を通してよかったなと思える。

ダイヤモンドの価値だなんてクサいことを言う気はさらさらないけれど、賠償金100万円分の価値は間違いなくあった。

じめじめした木の根元で膝《ひざ》を抱えて、うずくまっているだけだった陰の少女。

それが今、光を浴びて輝いている。

ほんのすこし、たった一歩だろうけど、それでも真白は変わってみせた。

変わる……か。

「……ごめんな、真白。俺、最低の彼氏だ」

「どうして謝るの？　こんな素敵な景色をプレゼントしてくれたのに」

「本当ならたぶんロマンチックなんだろうこのシチュエーションで……カノジョのことで頭がいっぱいにならなきゃいけない場面で――《5階同盟》のことを考えちまってる」

強く変わってみせた真白の姿を見て。

真っ先に脳裏に浮かんできたのが、仲間達の顔だった。

致命的なコミュニケーション不全を克服しつつある、オズ。

実家との問題に決着をつけ、掟《おきて》に縛られる自分を変えてみせた紫式部《むらさきしきぶ》先生。

ある種の非効率さえ受け入れて、もうすこしだけ自分の価値を見直してみようと考えた俺。

だけどまだ、たぶん根本的には変われていない奴《やつ》がひとりいる。

小日向《こひなた》彩羽。

俺にだけウザい友達の妹。

俺にだけじゃなくて誰にでもあのウザい魅力を押しつけられるようになれば、きっとあいつの生きやすさもだいぶ変わるだろうにと、そう考えてしまう。

——俺を好きだとわかってる真白と二人きりで、こんな状況で、彩羽のプロデュースのことを考えてるってのは、最低最悪にクソ野郎だ。

「《5階同盟》じゃなくて、彩羽ちゃんのこと、でしょ？」

「……お前、どこまで知ってるんだ？」

思わせぶりな言い方は、まるで彩羽の正体に勘付いているかのようで。

だけど俺の問いかけに真白は、どうだろうね、と曖昧《あいまい》な返事で流してしまう。

「言っておくが、恋愛関係はないぞ。ガチで」

「感情も？」

「……99％」

「100って言わないんだ」

「言い切れるほど自分のことがわかってないんだよ」

「童貞だね。青春童貞」

「……おいおい」

清楚《せいそ》な面《つら》して何を口走ってんだ。

「この分野だけなら、真白の方がお姉さんかも。……なんて。えへへ」

そう言って真白は俺の肩にもたれかかった。

こてんと頭を預けたまま、密着状態で、甘美な誘惑を囁《ささや》く。

「プロデューサーとして、彩羽ちゃんをどんなふうに導いていきたいのか、知らないけど……。青春の先輩――お姉さんの真白が、手伝ってあげる」

「手伝う……？」

「うん。だから聞かせて？　アキが、彩羽ちゃんとどうなりたいのか。彩羽ちゃんをどうしていきたいのか」

「それは、お前の戦略か？」

「うん。真白、したたかだもん。こうしてカノジョとしてアキの隣にいることで、アキの悩みを分け合うことで、一緒の時間を作りたいと思ってる」

迷い。罪悪感。渦巻く想い。

人の弱みに付け込むなんてとんだ悪女の所業だが、あまりにも正々堂々と宣言されると許してしまえる。

だから俺は口を開いた。

彩羽の秘密は伏せたまま。

俺が、彩羽にしてやりたいことを。

小日向彩羽というひとりの人間をプロデュースしたい欲求を。

この想いはより多くの人に聞かせたいと思っていた。

他人の人間関係をどうこうするなんてまさしく傲慢《ごうまん》の極《きわ》みで、第三者に太鼓判をもらうことで、一歩間違えば独善にもなり得るこの考えにすこしでも客観性を持たせたかったのだ。

真白が《5階同盟》の外の人間だというのも話しやすかった理由のひとつで。

「……これで五分五分だよね、彩羽ちゃん」

小さな声でつぶやかれた台詞を聞きとがめるよりも先に、すでに脳内に浮かんでいた相談事が、喉《のど》の奥からこぼれ落ちた。

「——彩羽が、俺に対してするようなウザ絡みを、他の奴にもできるように。俺と一緒にいる時間よりも楽しいと思えるような親友を、作ってやりたいんだ」

草を踏みその木に近づいてくる足音が動揺したように乱れたのを、このときの俺も真白も、まったく気づいていなかった。

Tomodachi no imouto ga
ore nidake uzai

友達の妹が
俺にだけ
ウザい

epilogue1

Tomodachi no imouto ga ore nidake uzai

エピローグ　社長定例

「頑張った恋人に特大花火をプレゼントとは、生意気だねぇ」

双眼鏡の丸い視野の中。樹上で最後の花火を見届け、寄り添い合うニセの恋人達の姿に、僕は失われた青春時代を思い返し腹底で暗黒物質を煮えたぎらせた。

男の方は甥《おい》っ子、女の方は愛する娘なのだから殊更だ。

最後の花火も終わり、帰宅していく人の流れの中であえての不動。ベンチに腰かけ、咥《くわ》えた焼きイカにあらゆる憎しみをぶつけて嚙《か》み切った。

「うふふ。嬉《うれ》しそうですねぇ」

ベンチの傍《かたわ》らには、ひとりの女性が立っている。

美人だが、愛人ではない。

女神アフロディーテの顕現と呼んだとして、大げさだと指摘する声も上がるまい。

山吹色の髪を丁寧に編み込んで、サラブレッドの艶《つや》めく尾のように束《たば》ねたおさげをふっくらした経産婦《けいさんぷ》の魅惑を醸《かも》す胸の前にたらしている。

一見シンプルながらも上流階級の人間が見れば高級とわかる上品な上下の着こなしといい、

ピンと伸びた背筋といい、政治的人妻《ファーストレディ》じみたオーラをまとっていた。

社長・天地乙羽《あまちおとは》。

またの名を、母親・小日向乙羽《こひなたおとは》。

要注意恋敵候補としてここ数日マークしていた小日向彩羽《いろは》君の母親だ。

実はこの夏祭りはハニープレイスワークスだけでなく、彼女が社長を務める天地堂《てんちどう》もまた、提供元として名を連ねていた。花火の特別観覧席に優待券で入れるということで、互いの娘や甥っ子のことも話したかったのもあり、行動を共にしているというわけだ。

「うれしい？　僕が？　愛娘を甥に寝取られて？」

「古い顔なじみなので優しくオブラートに包んであげますけど、自分の娘にその表現を使うのはとても気持ち悪いですよ？」

「天地社長はもうすこし思いやりとか人間の心を学んだ方がいいと思うんだよ……」

「あらそうですか。私ほど感情的な女も珍しいような？」

「……やっぱり。あの件について、まだ根に持ってるんだね」

「ええまあ。子ども達には絶対に近づけたくないと思う程度には」

聖母の如《ごと》き笑顔。だけどその声に含まれた見えない圧に、流石の僕も冷や汗を禁じ得ない。

その執念じみたほの暗い感情も彼女のこれまでの人生を思えば同情できるが、しかしひとりの人の親として、彼女の子どもたちが哀れに感じることもある。

「けどねえ、あまり親の価値観で子どもを縛るもんじゃないよ。知ってるかい？　そーいうの、最近じゃ毒親って呼ぶのさ」

「ドーン」

「……何の真似《まね》だい？」

突然鉄砲を撃つフリをしないでほしい。天地社長にやられると冗談じゃなく本当に殺された気がして心臓に悪すぎる。

「あなたに毒親を批判する権利はありませんよ。自分の胸に手を当てて考えてくださいねぇ」

「何を言う！　僕はこんなにも真白《ましろ》を愛してるのに！」

「そういうところですよ～？　子ども達の恋愛に首を突っ込んだり、禁止したり。私の行為が咎《とが》められるなら、月ノ森《つきのもり》社長も充分『毒親』なんじゃないですか？」

「ぐうっ。た、確かに……い、いやいや。愛の有無という、大きな違いがだね」

「私だって、乙馬《おずま》のことも彩羽《いろは》のことも、たーっくさん、愛していますもの。月ノ森社長は、恋愛を。私は、娯楽を。愛の結果に束縛するものが違うだけ」

「む、むむむっ」

出たな、天地社長の丸め込み論法。

意識的にか無意識的にか、彼女は常に流れるように会話の主導権を握る。

感情の隙間《すきま》を縫うような合理性。最初は異なる意見を持っていても、話しているうちに段々と彼女の意見が正しいのだと思考を曲げられていってしまう。

それは大衆を導き、正義の改革を成し遂げた英雄のようであり。

人を騙《だま》し欺き煽動《せんどう》し、世界に大きな爪痕《つめあと》を残す独裁者のようでもある。

経営者界隈では稀《まれ》にいる会話の魔術師。

これは地に足のついた話。ファンタジー設定なんかじゃ全然ない。

天地乙羽社長は、現実における洗脳魔法の使い手なのだ。

「うふふ。私にお説教しようなんておこがましいことを考えるからですよー。普通にしてくだされば、私も攻撃なんていたしませんー」

「わかったよ、降参だ。キミを敵に回す度胸はないからね。……で、何の話だっけ?」

「嬉《うれ》しそう」

「ああ、それだ。どうして僕が嬉《うれ》しがるのさ」

「大星《おおぼし》くんと真白ちゃん。本当は、ふたりにくっついてほしいんでしょう?　知ってますー」

「僕の本音を勝手に捏造《ねつぞう》しないでくれるかな」

「捏造とも言い切れないと思いますけどねー」

意味深に目を細めた天地社長は僕の手から双眼鏡を奪い、覗《のぞ》き込む。

樹上のニセ恋人たちを眺め、彼女は頬《ほお》を赤らめる。

「お似合いのふたりじゃないですかー。あの初心な感じ。月ノ森社長が心配するような事態が結婚前に起こるようなこともないのではー？」

「……痛いところを突いてくるねえ、ホントに。性格悪いってよく言われない？」

「はいー。そんな褒め言葉をいただくことが多いですねえ」

恐るべきポジティブシンキングだった。

「まあ、僕にだってわかってるさ。真白もどうせいつかは嫁に行く。だったら、せめて相手は真白をあんなふうに笑わせてやれる男がいいが――」

たったひとりの女の子を笑わせるためだけに打ち上げ花火を私物化した。

機転を利《き》かせ、リスクすら受け入れて、無茶を通してでも、真白へのプレゼントを優先してみせた。

あそこまでの漢気を見せられれば、いくら青春アンチの僕とて認めざるを得ない。

あの男になら、真白を任せてもいいかもしれん……と。

だがそれはそれとして。

「――気に入らないなぁ。それ僕のために見せかけて、キミの都合だろう？」

「大星くんは好青年だし、うちの乙馬とも仲良しみたいだし、彩羽のお婿さんにピッタリとも思うのだけど……。ひとつだけ致命的な欠点がありましてー」

「《5階同盟》のリーダーだから」

「ええ。もし彼が私と同じように、クリエイターたちをビジネスの道具と割り切って、接することができるなら良かったのだけど」

「彼は違ったねえ」

以前、三人で鍋を囲んだとき、明照《あきてる》くん自身がそう言った。

『俺《おれ》は《5階同盟》のスタッフを愛してます。彼らの作る物を、心の底から面白《おもしろ》いと思ってる。――ただ稼げればいい、そんな気持ちなら、ゲームなんかよりもっと稼げる商売を選びます』

まだ青い高校生のくせに彼は経営視点とクリエイター視点の双方を持ち合わせている。

僕はその希少性にいたく興味を惹《ひ》かれたものだが、どうやら天地社長は別の見方をしてしまったようだ。

「彼は彩羽にエンタメの魅力を吹聴《ふいちょう》しかねないですから――」

「付き合われると困る、と。乙馬君の方はいいのかい？　すでにかなり仲が良いんだろう？」

「まあそっちは大丈夫かと―。あの子はべつに、何があっても特に影響ないでしょうし」

「なるほど……？」

妙な言い回しだ、と思った。

しかし僕が疑問を呈する暇もなく、天地社長は続ける。

「でもまあ、彩羽はもうだいぶ大星くんに影響されてそうなので。そこが悩みどころですね」

「……やはりふたりは、そこまで近しい仲なのだね」

「恋仲、ではなさそうですけどねー」

「ふうむ……」

身辺調査の結果、ふたりがイチャイチャしているという目撃情報もあったが、詳細に分析していくと、彩羽くんがグイグイ攻めていく一方で、明照くんは受け流すような素っ気ない態度を取っていたらしい。

女っ気ゼロとまでは呼べないが、彼なりに契約を遵守《じゅんしゅ》しようと努力したんだろう。

「あまり家には帰れていないから、つぶさに観察できてるわけじゃありませんが。……今日、確信しましたー。彩羽は大星くんのこと、好きになっちゃってますねー」

「で、仲を引き裂くために真白との仲を応援しようと？　僕の娘をスケープゴートにしようとは、なかなかに良い度胸だ。さすがの僕も、ぷっつんしちゃうよ？」

「あらあら？　天地堂に喧嘩《けんか》を吹っかけていいんですか、ハニプレさん」

「おたくが最近出した『あつめろ　お魚の海』とウチの『グランドファンタジー7リメイク』で売上勝負したら、どっちが勝つかねぇ。ハッハッハ」

「あのクオリティを出すのにいくら使ったんでしょうねー。ウチはクオリティもさることながら、効率的な開発を心掛けてますから。利益《りえき》で勝負したら、どちらが勝つことやら。うふふ。

うふふふ」

「ハハハ。ハハハハ」

「ウフフ。フフフフ」

和《なご》やかに笑い合う大人ふたり。実にジェントル。社交的な交流と言える。

もちろんこれは社交ダンスならぬ社交デュエルなわけだが。

「ま、彼らの恋路に僕はもう口を出さんよ。あんな漢気を見せられた以上、真白が恋に落ちるのは止められないと悟ったし、彼には娘を奪う権利がある。――だが一方で、彼が最後に誰《だれ》を選ぶのかもまた、僕のあずかり知るところじゃない」

「……潔いんですねー。もっと積極的に動けばよろしいのに」

「何でも大人の思い通りになるほど、子どもは甘くない。……その事実を知ってるだけさ」

「そうですか。まあ構いません。力を借りずとも、私は私で動いてますし」

天地社長の顔からふっと感情の色が消える。

まるでろうそくの火を消したように唐突に、僕への対抗心が消え失せた。

そして彼女は言う。

「では、これからは大星くんの青春を認める――それを理由に《5階同盟》のハニプレ入りを拒絶したりはしない、と？」

「真白とくっつく分にはね。ただ、自由な青春まではさすがに困るかな」

「あら、そうなんですか」

「彼には学校で真白を守ってもらわなきゃならんのだよ。ワンチャン真白とガチ交際しても、いままで通りナイトでい続けてくれるなら文句はないが、真白を完全放置で他の女の子と……なんてのはさすがにね」

「フフ。何だかんだ毒親仲間じゃないですか、やっぱり」

「一緒にしないでくれたまえ。僕の方は取引さ」

これを僕のワガママだと言われる筋合いはない。就職の特別な引き立てという無茶を最初に提示したのは明照くんなのだから、それくらいの縛りは甘んじて受けてくれたまえよ。うん。

「まあ、真白以外の女の子との恋愛を認められないのには、重大な理由があるしね」

「へえ。思わせぶりに言われると、気になってしまいますねー？」

興味津々《きょうみしんしん》に目を光らせ、小首をかしげる天地社長。

僕は小粋《いき》に生えたひげを軽く撫《な》で、目を細めて遠くを見つめながらこう言った。

「甥がモテてると何か腹立つから」

これぱっかりは仕方のないことだった。

epilogue2

Tomodachi no imouto ga ore nidake uz

エピローグ２　荒れ狂う恋の花火

「──彩羽《いろは》が、俺《おれ》に対してするようなウザ絡みを、他の奴にもできるように。俺と一緒にいる時間よりも楽しいと思えるような親友を、作ってやりたいんだ」

その声が聞こえた瞬間、忍び足が乱れたのを自覚した。

草を変に踏んでがさりと音を立ててしまう。

き、聴こえちゃった……？　と、おそるおそる大きな木の上を見上げてみると、そこにあるのは変わらず寄り添い合うセンパイと真白《ましろ》先輩の姿。

ずきり、と胸が痛くなる。

ふたりの姿を見つけたのは本当に偶然だった。

花火が上がったとき、私はクラスの子たちと一緒にはしゃいでいて、イェーイ、とスマホで写真を撮ったりして盛り上がっていた。

だけどその途中、ＬＩＭＥにある着信が届いた。

お母さんからの、着信。

何か花火の提供元の会社と縁があって観覧席の優待券をもらったとかで、お祭りの会場に来てるから会いたいなんて言い始めた。友達と一緒だから後にしてほしいとお願いしたけれど、それも聞き入れられず、結局、私は言われた通りに待ち合わせ場所に指定された神社本殿の裏にやってきた。

——そして、見てしまった。

真白先輩がひた向きに木に登ろうとしているところを。

センパイが何かを仕掛けて真白先輩に特大花火をプレゼントしてみせたところを。

ふたり寄り添う姿を。

偽装デートなんだから、そういうふうに仲睦まじい姿を見せるのは当然だ。当然だって、頭ではわかってた。

クラスの子たちと歩いてるときも、センパイの隣に真白先輩がいる光景が脳裏《のうり》を過《よ》ぎりそうになりながらも、それは《5階同盟》のためだから、それ以上でも以下でもないからと、自分に言い聞かせてきた。

でも、生で見たらダメだった。

センパイに成長を見せようと頑張る真白先輩は本当に健気《けなげ》で可愛《かわい》くて、恋敵だとわかってても、手に汗握って応援しちゃった。……あんなのズルい。ミリも憎めるところがない。

それを見守るセンパイの目も、すごく優しくて。

童話の王子様とお姫様みたいだった。

そんな姿を見せつけられるだけでも、心にずしんと特大の重りをぶら下げられた気分だったのに、極《きわ》めつけがさっきの台詞《せりふ》。

「私が……センパイと一緒にいるよりも、楽しいと思える相手を作る……？」

それは、どういう意味ですか？

私に甘えられてウザい弄《いじ》りをされるの、実はすごく嫌だった？

その役目を誰《だれ》かに押しつけたいと思ってる？

……まさかね。センパイがそんなふうに考えるわけないし。

どうせ私の学校での人間関係をいつものお節介で心配してくれてるだけとか、そういうオチに決まってる。

でも。だけど。そうだとしても。

センパイは、私とふたりの時間をすこしでも減らそうと考えてる。

それはたぶん、事実だ。

「……ッ」

そう思った瞬間、私は走り出していた。センパイや真白先輩に背を向けて、境内を駆け抜けて。途中でクラスメイトの友坂《ともさか》さんや一緒に来ていた子たちともすれ違ったけど、呼び止める声を無視して走り続けた。

お母さんと待ち合わせしていたことも、もうどうでもよかった。

どうしよう。何かおかしい。

こんなことしたらいろんな人から心配されちゃう。いらない詮索《せんさく》をされて、疑われちゃう。

今まで通り上手に演じて、バランスを取って、うまくやればいいだけなのに。

それができない。

胸の中で目に見えない何かが暴《あば》れて、悪さをして、理性がちっとも働かない。

——センパイを取っちゃヤだ。

——センパイに近づいちゃヤだ。

——センパイが私を遠ざけるのはヤだ。

身勝手な感情が花火のように弾けては、また別の感情に引火し、次々と爆発《ばくはつ》を引き起こしていく。

ああもうやだやだそんな自分勝手なの一番嫌なのにーっ！

真白先輩の本当の恋愛感情を知りながら、センパイの《5階同盟》至上主義に甘えて、普段と同じ関係をなあなあで続けられることに安心してた。センパイを好きでいながら、真白先輩とも友達でいられるんだと、幸せな夢を見られた。

でもそれは、関係のバランスが一定ならの話。

私も真白先輩も平等に恋愛対象外。

接触度は同じくらい。

真白先輩は同じクラスで授業の時間を共にするアドバンテージ、私は家に帰ってからが本番とばかりに自由に部屋に入り浸る。それでバランスが取れてたのに。

あっちが近づいて、こっちが遠ざけられたら。

「そんなの、やだよう……」

情けない声が漏《も》れてしまう。

このままひとりでいるのが心細くて、だけどこんなときに頼れる人なんてほとんどいなくて。

自然とつま先が向いたのは、私にとっての第三の自宅。

『音井《おとい》』

由緒正しい日本家屋、数奇屋門《すきやもん》に掲げられた表札に、親の顔と同じくらいに見た名前。

中学時代、センパイと一緒に手を差し伸べてくれた、お姉ちゃんの家。

よろめく足取りで門から中を覗《のぞ》き込むと、さっきまで花火を見ていたんだろうか、日本茶と和菓子を脇《わき》に置きながら縁側でまったりしていた音井さんが私に気づいた。

「おー、小日向《こひなた》か。どしたー？」

間延びした声で、気だるげに手を振る姿に、こみあげてくるものがあって。

「音井さん……ッ」

私は、その胸に飛び込んでいた。

顔は見せられない。こんなみっともない表情は、見せられない。

「助けて……音井さん……」

「よくわからんけど、何かあったのかー？」

声に微《かす》かに困惑を含みながらも、よしよしと頭を撫《な》でてくれる。

温かくて。包み込まれるようで。

硬い鎧《よろい》がふにゃふにゃにされたことで、内側で荒れくるっていた感情が一気に噴き出した。

「どうすればいいかわかんない！　私……全部好きだから……ッ」

これは罰だ。

ちゃんとセンパイにストレートな想《おも》いを伝えずにきた天罰。

神様は、正直者にキスをする。

真正面から告白して、全身全霊でぶつかっていく真白先輩だからこそ、センパイの隣をもぎ取れたんだ。

「センパイの隣が好きで！　センパイと一緒の時間が好きで！　だけど《5階同盟》のみんなも好きだし、真白先輩も好きだし、センパイと、音井さんと、みんなで作る『黒山羊《くろやぎ》』が大好きで……このままの関係でいられるのが一番で……！」

でも、選ばなくちゃ、ダメなんだ。

真白先輩と対立してでもセンパイに告白するか。

真白先輩と仲良くするために気持ちをそっとしまっておくのか。

打ち上げ花火を上げるのか？　上げないのか？

「教えて、音井さん――」

これまでも、私は我慢してきた。

ワガママを言ったらお母さんが傷つくかもしれないから、演技に興味ないフリを続けてきた。

真白先輩が傷つくかもしれないから、センパイは恋愛対象じゃないと言い張ってきた。

でも、それとは矛盾するように。

センパイから、好きなことに忠実に生きる生き方を、それが幸せだってことを、教えられてきた。

自分の幸せ。他人の幸せ。

もしもそれらが嚙《か》み合《あ》わなかったとき、どうすればいいのか？

答えのないその問いに、矛盾の力に左右を引っ張られて、体がちぎれてしまいそうになる。

自分の中だけで処理しようとしたら、壊れてしまいそうで。

だから私はこの包容力たっぷりのお姉ちゃんみたいな音井さんに、甘えるように吐き出したんだ。

「――誰も悲しまないワガママって、どうやって言えばいいの？」

あとがき

読者の皆さんこんにちは、作家の三河《みかわ》ごーすとです。恋の嵐が吹き荒れる第5巻、いつもの甘さだけでなくほんのりと苦みも混ざってきた青春模様、いかがでしたか？

このあとどんな展開になってしまうのか気になる人も多いと思いますが、それは次回予告を見ていただきつつ6巻を楽しみにお待ちくださいってことで、あとがきではそういった内容の話はせず、いつものように爆笑必至の面白エピソードをご紹介しようと思います。

今回は世にも恐ろしい『身バレ』の話です。

ニセ恋人関係、謎の声優旅団X、巻貝《まきがい》なまこ――この『いもウザ』という作品では正体を隠して生きる奴らの生き様だったりそのせいで生じるくだらない出来事だったり苦みを伴うすれ違いだったりが描かれているわけですが、かく言う私もペンネームで活動する作家という職業。三河ごーすと、なんて名前が本名なはずもなく、正体を隠して日々を生きています。

行きつけの整体マッサージのお店でもペンネームを明かさず、職業を訊かれても、

「あー。お仕事はー。文章を書いたりするようなー。そういうのですねー」

とボカして答えていたわけなのですが、最近、その整体師の先生から、こんなことを言われてしまいました。

「三河ごーすと先生って名前で本を書かれてるんですね」

「！？！？！？！？！？！？！？」

何故このような展開になったのか。整体師の先生がヤンデレストーカーだとでもいうのか？　あるいはダークウェブに私の個人情報が流出していたのか？　皆さん、いろいろな可能性を脳内に浮かべたかと思いますが、おそらくそのどの予想とも外れているはずです。

実はこの身バレ、なんと、昨今の自粛生活やおうち時間でみなさんにもなじみ深いであろう例のアレのせいで引き起こされた事態なのです。ファッ〇ン・コ〇ナ！

整体マッサージも施術において『密』にあたるとして店舗は営業自粛となったのですが、先生のご厚意で「あまりにもお体が辛いときは個人的に施術するので連絡ください」と電話番号を交換することとなりまして。（結局まだ一度もお願いはしていないのですが）

そしたらとある超有名なメッセージアプリが、「電話番号で友達登録する」機能を発動しやがりまして、「三河ごーすと」が整体師の先生の友達候補に出てしまったという悲劇が起こったのです！　なんて恐ろしいことなんだ……。……私が迂闊すぎただけ？　……ぐぅ……。

身バレするときは案外あっさりなんだぜってことで『いもウザ』もバレたりバレなかったりしながらますます物語が盛り上がっていきます。６巻は小冊子付き限定版、更にドラマＣＤの第３弾も決定して絶好調の本シリーズを今後もよろしくです！　以上、三河ごーすとでした！

『いもウザ』次巻予告！

「お前の“ウザ可愛さ”を広めるためなら――
“女の子”に、俺はなる!!!」
「いったい何がどうなったらそんな話になるんですか!?」

波乱含みの夏休みを終え、文化祭シーズンがやってきた。
互いに互いの望みを叶えるために、
金輪祭恒例の『ミス香西コンテスト』に参加し、
優勝をかけて対決することになった彩羽と明照（!?）

優勝候補筆頭、学校一の美少女、最強ヒロイン――
圧倒的「強キャラ」である彩羽を打倒するべく
明照が取った作戦とは……？

一方、そのころ真白は**男装**して
ミスターコンテストに参加していた。

文化祭編は物語もお祭り騒ぎ！
シリーズ史上最高のカオスで贈る、
いちゃウザ青春ラブコメ第６弾！

「男心のくすぐり方？

男の俺が一番よく知ってる」

「絶対に負けませんよ。

センパイの思い通りになんて
させませんから！」

「決めた。

真白、イケメンになる」

「いつから僕が小日向乙馬だと
錯覚していたのかな？」

「合法オズ×アキ
きたあああああああああああああああああああああ!!」

「なー、影石妹ー。女装参加はアリなのかー？」

「昨今は性の役割を押しつける価値観は古いとされていてミスコンの参加条件に性別の要綱を設けないのが常識だから
べつに私が大星くんの女装を見てみたいとかそういう話じゃなくてあくまでも世間一般のグローバルスタンダードな」

「ＯＫ。つまり趣味な」

『友達の妹が俺にだけウザい６』

小冊子付き特装版＆通常版 １１月発売予定!!

←特装版の情報は次のページへ！

※セリフはプロット段階のものであり、 製品版にはひとつも採用されない場合があります。ご了承ください。

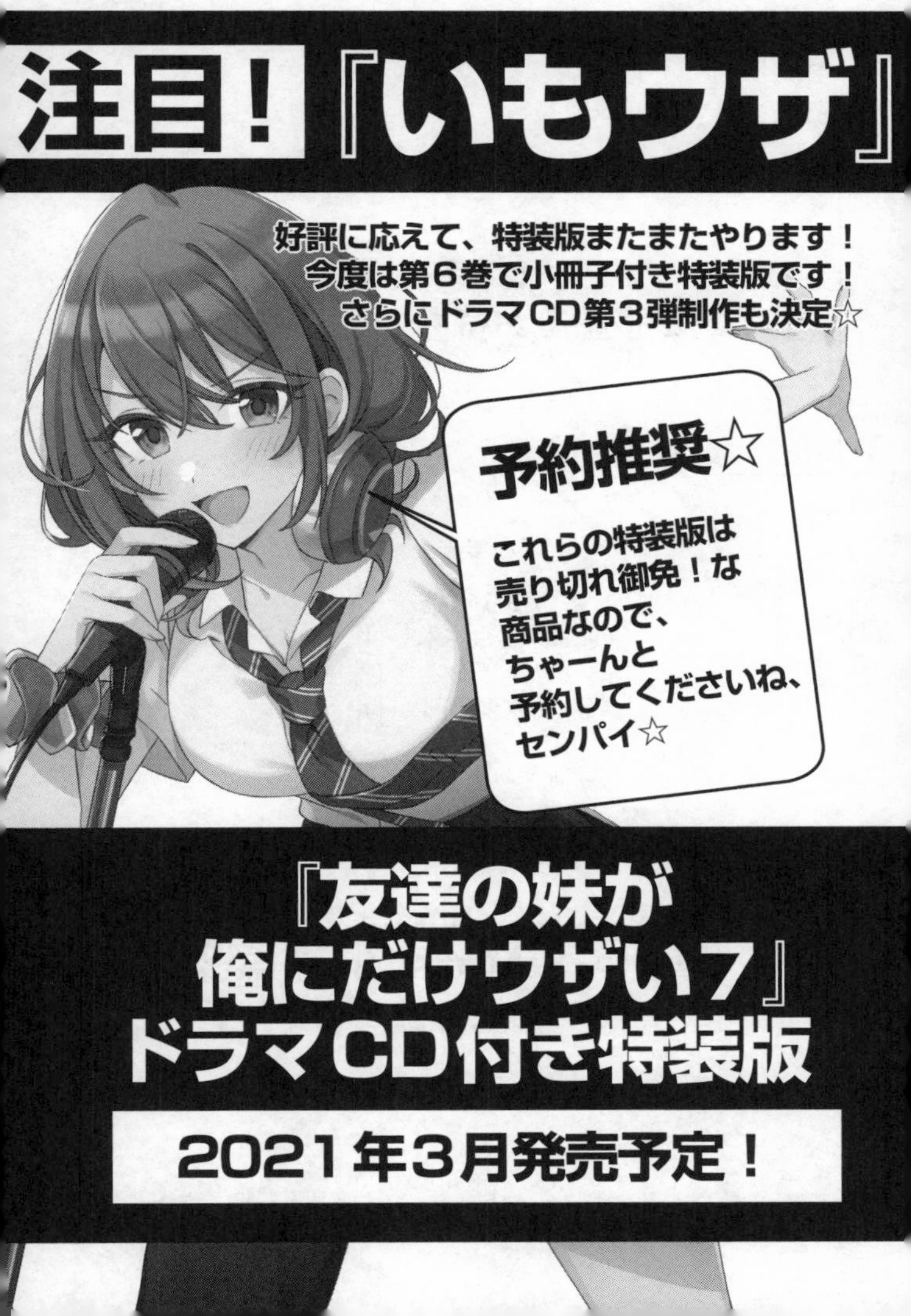
注目！『いもウザ』
好評に応えて、特装版またまたやります！
今度は第６巻で小冊子付き特装版です！
さらにドラマCD第３弾制作も決定☆
予約推奨☆
これらの特装版は売り切れ御免！な商品なので、ちゃーんと予約してくださいね、センパイ☆
『友達の妹が俺にだけウザい７』
ドラマCD付き特装版
2021年3月発売予定！

ファンレター、作品の
ご感想をお待ちしています

〈あて先〉

〒106－0032
東京都港区六本木2－4－5
SBクリエイティブ（株）
GA文庫編集部 気付

「三河ごーすと先生」係
「トマリ先生」係

本書に関するご意見・ご感想は
右のQRコードよりお寄せください。

※アクセスの際や登録時に発生する通信費等はご負担ください。

https://ga.sbcr.jp/

友達の妹が俺にだけウザい5

発　行	2020年8月31日	初版第一刷発行
	2020年11月11日	第二刷発行
著　者	三河ごーすと	
発行人	小川　淳	

発行所　　SBクリエイティブ株式会社
〒106－0032
東京都港区六本木2－4－5
電話　03－5549－1201
　　　03－5549－1167（編集）

装　丁　　AFTERGLOW

印刷・製本　中央精版印刷株式会社

ISBN978-4-8156-0623-7
Printed in Japan　　GA文庫